향곡 큰스님 일화

봉암사의 큰 웃음

저자와
협의하여
인지 생략

향곡 큰스님 일화 봉암사의 큰 웃음

지은이 | 법념 스님
펴낸이 | 一庚 장소님
펴낸곳 | 답게

초판 발행 | 2017년 6월 24일
초판 2 쇄 | 2017년 7월 6일

등 록 | 1990년 2월 28일, 제 21-140호
주 소 | 04994 서울시 광진구 면목로 29(2층)
전 화 | (편집) 02) 469-0464, 02) 462-0464
       (영업) 02) 463-0464, 02) 498-0464
팩 스 | 02) 498-0463

홈페이지 | www.dapgae.co.kr
e-mail | dapgae@gmail.com, dapgae@korea.com

ISBN 978-89-7574-292-7

ⓒ 2017, 법념 스님

나답게 · 우리답게 · 책답게

＊ 책값은 뒤표지에 있습니다.
＊ 잘못 만들어진 책은 구입하신 서점에서 교환해 드립니다.

향곡 큰스님 일화

봉암사의 큰 웃음

글. 법념스님　　그림. 서주스님

추천사推薦詞

"향상일구向上一句는 일천성인一千聖人도 전할 수 없고 어떻게 하지 못한다."하니, 끓는 가마솥 안의 종발 소리요 귀신굴속의 덩더쿵이도다.

어느 때의 한마디는 금강왕의 보검 같고,

어느 때의 한마디는 걸터앉은 사자 같으며,

어느 때의 한마디는 천하인의 혀를 끊은 것과 같고,

어떤 때의 한마디는 파도를 따르고 물결을 쫓음이라.

향곡대선사께서는 탄생하심에 사자獅子의 풍모風貌와 천성天性 갖추시고 동진童眞으로 출가하셨다. 한 번 화두話頭를 듦에, 삼칠일三七日 동안 무심삼매無心三昧에 들어 침식寢食을 잊고 일일一日에 홀연忽然히 양수兩手를 발견發見하고 한 가닥 옛길을 확철관통廓徹貫通하여 일성포향一聲砲響 하셨다.

이에 만년萬年의 어둠이 영원통연永遠洞然하였고, 모든 외도마군外道魔軍이 혼비백산魂飛魄散하여 자취를 감추었으며, 육도六道의 길이 끊어지고 삼계三界가 무너짐이라.

이로써 근대한국불교의 중흥조中興祖인 경허鏡虛 · 혜월慧月 · 운봉雲峰 조사의 법을 이으시니 마조馬祖, 황벽黃檗, 임제조사臨濟祖師의 살림살이인 향상向上의 종승사宗乘事를 오롯이 영득永得하여 등등임운騰騰任運하며 천하총림天下叢林에 대사자후大獅子吼를 토吐함이라.

대선사大禪師는 문정門庭이 광활曠闊하고 기봉機鋒이 험준險峻하여 그 살활종탈殺活縱奪과 기용제시機用齊示가 임의자재任意自在하니 제방諸方의 청풍납자淸風衲子들이 운집중중雲集衆衆함이라.

납자衲子를 지도함에 노파심절老婆心切의 대자비大慈悲로 쇠를 두드리듯 옥을 쪼듯 전심전력으로 용龍을 건져내고 사자獅子를 길러내니 살활가풍殺活家風이 천하에 떨치었도다.

작금昨今에는 그 법法을 이어받은 산승山僧이 대흥선풍大興禪風하여 세계만방에 간화선법看話禪法을 떨치고 있음이니, 참으로 깊고 깊은 은혜恩惠가 사해오호四海五湖에 가득함이로다.

법념수좌가 향곡대선사를 시봉侍奉하면서 보고 듣고 느낀 가르침을 시봉일화侍奉逸話로 엮어내니 어제 일인 듯 생생하고 향곡대선사를 직접 뵙는 듯 함이라.

이는 부처님을 시봉한 아난과도 같은 지혜와 총명함으로 향곡대선사의 세세한 일상^{日常}에서부터 살활종탈의 고불가풍^{古佛家風}까지 오롯이 재현한 살아있는 글이라. 향곡대선사를 흠모^{欽慕}하시는 모든 분들이나 오늘의 후학에게도 임제선풍의 본체^{本體}를 엿보는 좋은 인연이 될 듯하다.

다시금 시봉의 노고^{勞苦}를 치하^{致賀}하고 가일층^{加一層} 정진하여 대선사의 가풍을 훈습발현^{薰習發顯}하기를 바람이라.

향곡 대선사의 진면목^{眞面目}을 알겠는가?

鳳岩大笑千古喜요
봉 암 대 소 천 고 희

曦陽數曲萬劫閒이라
희 양 수 곡 만 겁 한

一句了然超百億이요
일 구 요 연 초 백 억

殺活自在能幾幾나
살 활 자 재 능 기 기

봉암사의 큰 웃음 천년토록 기쁨이요
희양산의 굽이굽이 흐르는 물은 만년토록 한가롭네
불법의 일구를 깨달으면 백 억년을 뛰어 넘음이요
죽이고 살리는 자재의 수완을 갖춘 이가 몇몇이나 될고

一把柳條收不得하야
일 파 유 조 수 부 득

和風搭在玉欄干이로다
화 풍 탑 재 옥 난 간

한 주먹 버들가지 잡아 얻지 못해서

봄바람에 옥난간 벽에다가 걸어 둠이로다

丁酉年 立夏之節

大韓佛教曹溪宗 宗正 眞際 法遠

정말 신기하다. 한 편 한 편 쓴 글이 모여 한 권의 책이 되다니, 도깨비방망이를 누군가 두드려 졸저를 내게 해준 기분이다. 사십여 년이 지난 일이건만, 어제오늘의 일처럼 기억에 남아 글을 쓰게 된 것 또한 기이한 인연이라 더 이상 이를 데 없다. 처음부터 각본이 있었던 것도 아니고 그저 순번 없이 생각나는 대로 쓴 전기 글이다. 메모를 해두긴 했지만 세상 밖으로 펼친 글들이 〈향곡 큰스님 일화_봉암사의 큰 웃음〉이라는 제목으로 책이 나오니 감격할 따름이다.

향곡 선사는 일찍이 깨달음을 얻어 젊어서부터 선풍을 드날리셨다. 성격은 소탈하고 호방하며 섬세한 면도 갖추시었다. 키가 크고 골격도 커서 보기만 해도 사자후를 날릴 것 같은 인상을 지니셨으나 의외로 어린애같이 순수한 감성을 지니셨다. 명예에 급급하지 않고 팔도를 유람하며 일생을 자유분방하게 사셨다. 그런가 하면 자연을 사랑해 꽃과 나무를 도량에 많이 심고 가꾸어 큰스님이 주석했던 월내 묘관음사는 사철 푸른 잎과 꽃이 가득한 선경이 되었다.

솔직히 말해, 모시고 살 적에는 큰스님의 웅대한 면모를 잘 알지 못했다. 열반하신 뒤 날이 가면 갈수록 큰스님의 가르침이 속속들이 파고들었다. 큰스님이 알게 모르게 늘 가르침을 주고 있다는 걸 깨달았을 때는 이미 가시고 난 뒤여서 그 애석함이 이루 말할 수 없었다.

처음에는 큰스님의 일화를 쓸 엄두가 나지 않았다. 글 쓰는 일이란 글재주가 있는 것만으로 되는 일도 아니고 큰스님의 일대기는 더더욱 원력과 노력이 모아져야 이루어진다는 걸 깨달아서다. 그뿐만 아니라 아무리 용빼는 재주가 있더라도 주위에서 도와주지 않으면 글이 완성될 수 없다는 것도 알고 있어서다. 고맙게도 많은 분들의 협조와 격려가 있어 향곡선사께서 지니신 위대한 스승의 단면을 알리게 되어 얼마나 기쁜지 모르겠다.

향곡선사에 대해서는 알려진 것이 별로 없어 아쉬워하는 이들이 많았다. 생전에 남 앞에 나서거나 각종 매체에 알려지는 것을 별로 좋아하시지 않고 평범하게 지내신 탓에 남기신 글과 묵적이 거의 없는 편이다. 사진도 번듯하게 찍어놓은 것이 없어 영정을 그리는 데 애를 먹을 정도이니 더 이상 말해 무엇하랴. 일상생활 속에서 만나는 인연들에게 조용히 가르침을 베풀었을 따름이다. 중국 당나라 조주(趙州) 선사는 "불법은 평상심시도(平常心是道)"라고 말했다. 그 가르침을 평생 실천하신 도인이었다.

법어집은 몇 권 출판되어 많은 호응을 얻었으나 한문이 많아 일반인들이 이해하려면 어려움이 따랐다. 그런 애로사항을 염두에 두면서 이번에 출간하는 책은 누구라도 이해하기 쉽게 쓰려고 노력했다. 워낙 인간미가 넘치는 분이라 내 작은 필력으로 따라가지 못함이 안타까울 뿐이었다.

바라건대, 독자 여러분들이 때로는 큰스님의 인간미에 매료되고, 때로는 큰스님의 순수함에 감동되어 향곡 선사의 마음 달을 하나씩 건져 가슴에 담아 가신다면 더 이상 바랄나위가 없을 성싶다.

덧붙여서 〈향곡 큰스님 일화_봉암사의 큰 웃음〉에 대한 이해를 돕기 위해 부록으로 '전법(傳法)의 원류(源流)'와 '불조정전법맥(佛祖正傳法脈)'을 실었다. 『참선이란 무엇인가』와 『石人은 물을 긷고 木女는 꽃을 따네』에 실렸던 것이다. 책에 실도록 흔쾌히 허락해주신 "매일경제신문"에 감사드린다.

마지막으로, 먼저 저의 모자란 글을 처음부터 끝까지 격려해주시고 밀어주신 조계종 종정예하이신 진제 큰스님의 크나큰 은혜에 삼배를 올립니다. 다음은 지명도가 전혀 없는 나에게 선뜻 책을 내주겠다고 허락한 도서출판 『답게』 장소님 사장님에게 진심으로 감사드립니다. 서울 기원정사 주지인 도반 설봉(雪峰)스님이 "글 잘 쓰라"고 사준 노트북으로 책을 펴내게 되어 고마움의 뜻을 보냅니다. 학업 중이라 바쁜 가운데에서도 책 표지화와 삽화를 그려준 제자 서주(西珠)에게 고맙다는 말을 전합니다. 그 외에 일일이 거론하지 못했지만 도움을 준 모든 분들에게 두 손 모아 감사의 뜻을 올립니다.

2017년 5월 연둣빛 잎사귀 춤 추던 날에

법념 두 손 모음

❝제3장❞

내 모른칙 하지

❝제4장❞

신라의 멋

❝ 제5장 ❞

죽었다 깨어나는 화두

❝ 제6장 ❞

성철 스님과 나란히 누워

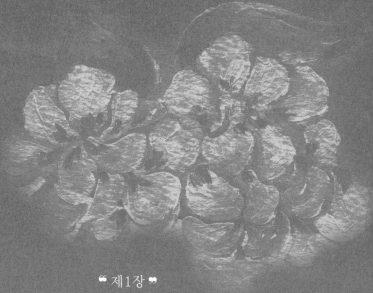

제1장

봄을 알면 공부 다 한 기다

혼적을 남기지 않는 달

사리(舍利)

"큰스님, 사리에 대해 어떻게 생각하십니까?"

뜬금없이 여쭈어 보았다.

"와, 궁금하나?"

"예. 말씀해주세요."

큰스님의 말씀은 이러하였다.

이전에 율봉선사栗峰禪師라고 계셨다. 세속사람들은 선사가 시적示寂한 뒤에 사리가 안 나왔다고 수군거렸다. 그뿐만 아니라 시적을 했으면 자취를 보여야지 사리도 안 남겼는데 무슨 선사냐고 비아냥대는 소리도 여기저기서 나돌았다. 율봉선사에 대해 헐뜯는 소리를 들은 추사秋史 김정희金正喜는 율사시적게栗師示寂偈를 지어 세간의 소리를 잠재웠다.

花落有實 화 락 유 실	꽃은 지면 열매를 남기고
月去無痕 월 거 무 흔	달은 가면 흔적이 없네
誰以花有 수 이 화 유	누가 꽃의 유有를 들어
證此月無 증 차 월 무	저 달의 무를 증명하리오
有無之際 유 무 지 제	유有와 무無의 경계는
實師之眞 실 사 지 진	실로 스님의 진리라오
彼塵妄者 피 진 망 자	진망에 허덕이는 자는
執跡以求 집 적 이 구	자취에 집착하여 구하네
我若有跡 아 약 유 적	내가 만약 자취를 남겼다면
豈留世間 기 류 세 간	어찌 세간에 머물렀으리오
妙吉相屹 묘 길 상 흘	묘길상은 우뚝 솟아 있고
法起峰靑 법 기 봉 청	법기봉은 푸르구나

금강산 마하연摩河衍을 비롯해 통도사 등에서 선풍을 드날리던 율봉청
고栗峰青杲선사(1738~1832)는 조선시대 유명한 선승인 청봉거안靑峰巨岸선

사의 제자이다. 평소에 추사는 선사를 찾아뵙고 존경하였다. 선사가 돌아가신 뒤, 사람들이 선사에 대해 그릇된 생각을 갖고 있는 것을 알고 시적게를 지어 세상 사람들에게 알렸다. 추사는 선사의 뜻을 기리기 위해 마하연의 바위에다 세상 사람들이 와서 보도록 이 게를 새겨놓았다.

큰스님도 금강산의 마하연 선방에서 정진하실 때, 바위에 새겨진 시적게를 읽고 감동을 받았노라고 하셨다. 큰스님은 사리에 대한 잘못된 편견을 지적하기 위해 율봉선사의 예를 들어 말씀하신 것이다.

특히 앞의 두 구절을 강조하셨다. 화락유실花落有實이란 겉으로 드러난 것에 집착하는 중생들의 마음을 말한 것이고, 그에 반해 월거무흔月去無痕이란 온 세상을 비추는 달이지만 지나가도 자취를 안 남기는 것처럼 율봉선사도 사리를 남기지 않은 것을 가리키는 말이라고 하셨다. 이어서 "나는 죽으마 사리를 안 남길끼다. 내가 간 뒤에 화장터에서 습골拾骨할 때 사리가 나올끼라고 기대하지 마라"고 늘 말씀하셨다. 과연 말씀 그대로 열반하신 뒤 큰스님은 자취를 남기지 않으셨다.

포단(蒲團)

요즘 선방에서 깔고 앉는 좌복_{座服}은 솜을 넣어서 푹신하다. 보통 일반 사람들은 방석이라고 부르는데 사찰에서는 좌복이라고 한다. '깔고 앉는 의복'이라는 뜻을 가지고 있어 옷처럼 소중하게 여긴다.

어느 날, 큰스님이 좌복에 앉아 꾸벅꾸벅 졸고 있는 나를 보고 한 마디 하셨다.

"니는 푹신한데 앉아 대놓고 졸기만 하고 뭐하고 있는 거고?"

그 소리에 깜짝 놀라 눈을 떠보니 큰스님이 앞에 서 계셨다. 너무나도 민망하여 숨고 싶었다.

경전에서 부드러움의 대명사로 나오는 도라면_{兜羅棉}은 목화솜을 말하는 것이다. 그런 보드라운 솜으로 만든 좌복 위에 앉아 화두는 안 챙기고 망상만 피웠으니 부끄럽기 짝이 없었다.

예전 스님들은 부들로 만든 딱딱한 포단에 앉아 좌선에 힘썼다. 포단의 겉은 부들로 만들어 좀 보드랍지만 속은 짚 같은 걸로 단단하게 채웠기 때문에 오래 앉으면 배겨서 힘들다. 포단은 지금의 좌복과는 달리 잘 헤져서 자주 때워야 했다. 헝겊도 귀하고 종이도 귀할 때라 때울 재료를 구하기가 매우 어려웠다. 몇 년에 한 번씩 문을 바르면 그 때 뜯어낸 헌 창호지를 챙겨두었다가 썼다. 그나마도 얻어걸리기가 힘들어 조그만 쪼가리도 허투루 여기지 않고 모아두었다가 필요할 때 꺼내 떨어진 포단에 발라 수선을 하였다. 옛 스님들은 그런 열악한 환경 속에서도 환희심歡喜心을 가지고 정진에 힘썼다고 들려주셨다.

실은 포단을 본 적이 없다. 큰스님이 들려준 이야기만 들었을 뿐이다. 그러나 포단 하나만 가지고도 옛 스님들이 물건을 얼마나 귀하게 여겼는지 짐작하고도 남는다. 그저 머리가 숙여질 따름이다.

"법념아, 잠만 퍼 자지 말고 한 살이라도 젊을 때 부지런히 공부해라! 늙으마 아무 소용없다. 힘 있을 때 해야지."

곁에 계시지 않지만, 큰스님의 경책하는 소리가 들리는 듯하다. 이젠 그 소리를 들을 수도 없다. 아무 한 일 없이 내 나이도 어느덧 칠십이 넘어버렸으니 기가 막힐 뿐이다

신상(神象)

부산 해운정사에서 정진하던 동광東光스님이 큰스님께 '신상'이라는
영화를 보러 가시자며 모시러 왔다. 큰스님은 동물들이 나오는 프로그
램을 텔레비전에서 즐겨보았다. 직접 기르지 않아도 동물을 매우 좋아
하셨다. 그걸 잘 아는 동광 스님이라 월내까지 와서 권하니까 흔쾌히
허락을 하셨다.

동광 스님은 서경보 스님의 제자이지만, 큰스님 밑에서 참선을 지도
받고 있는 스님이다. 큰스님 말씀에 의하면 '동광이는 아마 내가 물에
빠지라 하마 물에 빠질끼고 불에 드가라 카마 불에 드갈끼다'라고 할
만큼 큰스님을 믿고 의지했다. 가끔 월내 묘관음사에 오면 큰스님이 가
시는 곳마다 졸졸 따라다녔다. 큰스님이 한 번씩 손사래를 치고 물리쳐
도 계속 옆을 떠나지 않고 한마디 말이라도 더 들으려고 곁을 떠나지
않았다. 현 종정이신 진제眞際큰스님과는 도반으로 해운정사에 머물며

월내를 오갔다. 불같은 신심으로 정진에 매진하던 동광 스님은 아쉽게도 먼저 저세상으로 가버렸다.

코끼리가 나오는 영화라고 하니 큰스님은 보기 전부터 기대를 잔뜩 하시고 정말 좋아하셨다. 아마 생전 처음으로 영화구경을 보러 나오신 것으로 알고 있다. 어린애 같은 감성을 지니고 있어 소풍 가는 애들 마냥 들떠있었다. 월내서 완행열차를 타고 부산으로 향했다.

'신상'은 인도영화로 사람과 코끼리와의 우정을 그린 아름다운 줄거리를 가진 영화다. 큰스님은 주인공이 부르는 노래도 흥겨웠고 내용도 재미있었다고 아주 기뻐하셨다. 코끼리는 경전에 자주 등장하는 동물로, 부처님의 탄생설화에도 나온다. 그뿐만 아니다. 코끼리의 묵직한 걸음은 부처님의 거룩한 걸음걸이에도 비유된다. 또 보현보살은 흰 코끼리를 타고 앉아 자비로운 손길을 내밀고 계신다. 이처럼 코끼리는 불교에서 성스러운 동물로 여긴다. 그런 연유도 있는 데다가, 코끼리와 인간이 나누는 따스한 마음의 교류가 그려진 영화라 더 맘에 드신 모양이었다. 영화를 보신 뒤로 누가 오면 그 영화를 화제에 떠올리셨다. 안 봤으면 보러가라고 권할 정도로 감동을 받은 것 같았다.

영화를 본 뒤, 우동을 즐기는 큰스님을 위해 광복동 골목 국수집에 들렀다. 시원한 국물을 워낙 좋아해 우동 두 그릇을 뚝딱 비우셨다. 식성이 좋아 드시는 것은 정말로 소탈하셨다. 최근에 그 골목을 찾아가 보았더니 국수집이 없어진 지 오래됐다는 이야기를 들었다. '어! 시원타' 하시며 맛있게 드시던 모습이 생각난다.

그게 어디 내 마음대로 되는가

짝사랑

서른이 거의 다 되어 출가한 나에게 큰스님은 궁금한 것이 많았나 보다. 사회생활을 경험하고 출가했으니 이것저것 많이 알 거라고 생각하신 듯하다. 특히 사랑에 대해 물어보고 싶었던 모양이었다. 어느 날 내게 물었다.

"법념아! 니 사랑 해봤나?"

"그럼요. 해봤지요."

"그라마 어떤 사량을 해봤노?"

"큰스님, 사랑 중에는 짝사랑이 제일 지순한 사랑이라 하던데요."

말머리를 슬쩍 딴 곳으로 돌려버렸다. 큰스님은 경북 영일군 신광면이 고향이라 사랑을 '사량'이라고 항상 발음하셨다. 큰스님의 경상도식 어눌한 발음은 시골 할아버지같이 구수해서 듣기 좋았다.

하루는 불국사의 조실이며 주지이신 월산 큰스님이 오셨다. 큰스님의 말년 즈음에 자주 월내로 오셔서 두 분은 법담을 많이 나누셨다. 그날도 두 분이 법담을 나누시려는지 밑에 내려가 있으라고 하셨다. 어떨 적엔 이야기가 길어지는지 공양 때가 지나도 부르지 않아 이러지도 저러지도 못하고 안절부절 할 때가 한두 번이 아니었다. 원주실 전화통 앞에 앉아 떠나지도 못하고 이제나저제나 벨이 울리려나 하고 기다렸다. 다른 날보다 빨리 벨이 울려 부리나케 올라가니, 나를 보자 대뜸 월산큰스님을 향해 이런 말씀을 하셨다.

"저어, 법념이가 카던데 사랑 중에는 짝사랑이 제일이라 카데."

그 말은 들은 월산 큰스님은 빙그레 웃기만 하셨다. 뭘 좀 아시는지 큰스님의 표정을 보며 웃음을 꾹 참고 계신 것 같았다.

그런 말씀을 드렸는지도 잊고 살았다. 그런데 그게 무슨 특별한 정보라고 자랑삼아 말씀하신 것이다. 너무 부끄러워 어디론가 숨고 싶을 지경이었다. 그냥 해본 소린데 신기하다고 여기신 듯하다. 그도 그럴 것이! 시골에서 홀어머니 밑에 막내로 자라다가 열여섯 살 떠꺼머리로 절에 왔으니 세상물정을 전혀 모를 수밖에 없다. 사랑이란 걸 해 본 적이 없었을 테니까. 유난히 부끄럼을 많이 타시는 큰스님은 사랑이라는 말만 하는 것으로도 얼굴을 가리고 쓰다듬으며 말씀하신다. 텔레비전에서 조금이라도 야한 장면이 나오면 어쩔 줄을 몰라서 '아이고! 저거 꺼버리라' 하시며 얼굴이 빨개져 두 손으로 얼굴만 쓸어내리신다. 그저 세상 사람들이 말하는 사랑이 어떤 건지 알고 싶어 물어본 것 같으시다. 사람들이 하도 사랑타령을 많이 하니까.

큰스님의 짝사랑 상대는 부처님이었을 게다. 그러니까 부처님처럼 도를 깨달을 수 있지 않았을까. 나도 그런 짝사랑을 하고 싶지만 그게 어디 내 마음대로 되는 일인가.

가스통과 유리약탕관

당일치기로 출타하실 때는 가지고 가지 않는다. 그러나 하루라도 주무시고 오게 될 때는 꼭 가지고 가야 되는 물건이 있다. 가스통과 유리약탕관이다. 큰스님은 말년에 간경화증으로 고생을 하셨다. 한약을 하루 세 번 꼭 챙겨 드려야 했기에 달여먹을 도구가 필요해서 산 것이다.

요즘 같으면 한의원에서 약을 달여 팩으로 나와 편리하지만, 그때만 해도 그런 것이 없었다. 작은 가스통이었지만 무게가 묵직하니 무거웠다. 걸망에 가스통에다 유리약탕관까지 들어가면 무겁기도 하지만 깨질까봐 조심스레 다루지 않으면 안 되었다. 당시만 해도 작은 가스통은 구하기 어려운 물건이었다. 유리약탕관은 외국에서 들어온 것이라 더욱 더 귀한 것이었다. 지금이야 아무것도 아니지만. 큰스님은 특히 유리약탕관을 맘에 들어 하셨다. 약이 끓는 모양이 훤히 들여다보이니 누가 오면 자랑을 하셨다.

"저게 파이렉스라 카던가 뭐라 카던가. 유리라도 불 위에 언지놔도 안 깨진다카이. 참말로 신통한 물건이라."

그러면서 신기해 하셨다.

물건을 산 지 얼마 되지 않아서였다. 내원사를 가신다고 해서 짊어지고 갔는데, 대중들이 우르르 몰려와서 약 달이는 것을 보고 신통방통하다고 떠들었다. 옆에서 지켜보던 큰스님은 흐뭇한 표정을 짓고 계셨다.

처음에는 군불을 땐 뒤 나오는 숯불로 약을 달였다. 그러다가 장작을 구하기가 힘들어지자 숯불도 피울 수 없었다. 우여곡절 끝에 연탄아궁이로 바꾸었다. 편리하긴 하지만, 연탄 갈 시간을 넘겨버려 걸핏하면 불을 꺼트려 애를 먹었다. 또 한 번은 가스중독으로 고생한 적도 있었다. 그걸 알고는 큰스님이 큰맘 먹고 가스통을 구해온 것이다. 그러한 배려로 월내에서의 시자생활도 점점 익어갈 무렵이었다. 큰스님이 갑자기 약을 안 드시겠다고 해서 비상이 걸렸다. 이유인즉슨 '이만큼 살았으면 이제 갈 때가 되었다. 구태여 약까지 먹어가며 명을 늘릴 일이 없다'는 말씀이었다.

"너무 오래 살 필요가 없어. 칠십을 넘기도록 나는 안 살끼라. 지금 가마 딱 맞아."

그 말을 들을 때는 '무슨 그런 말씀을 하시나. 오래 사셔서 우리들에게 정진의 힘을 실어 주셔야지'라고 생각하였다. 그 말씀대로 가실 줄은 꿈에도 생각지 못한 일이다. 그런데 정말로 큰스님은 육십 일곱 드는 해, 음력 섣달 열여드렛날 열반에 드셨다.

대도무문

큰스님 회상에서 정진하던 명언 스님은 매일 문안인사를 드리러 왔다. 큰스님이 열반에 들 때까지 새벽에 방선만 하면 큰스님 토굴로 올라왔다. 월내 길상선원에 온 뒤로 하루도 빠짐없이 꼭 오니까, 어느 날 큰스님이 들어오는 문을 모두 잠그라고 하셨다. 올라와서 무슨 말을 하는지 들어보고 싶다는 말씀이셨다. 말하자면 공부의 깊이를 점검하고 싶었던 모양이었다.

명언 스님이 올라오는 소리가 들리자 큰스님은 숨을 죽이고 가만히 계셨다. 나도 덩달아 긴장하고 문 쪽으로 귀를 기울이고 있었다. 이윽고 명언 스님이 올라오는 소리가 들리더니 문을 잡아당긴다. 열리지 않는데도 불구하고 한참을 밀고 당기는 소리가 들리더니 이렇게 말했다.

"큰스님! 대도는 무문인데 어찌하여 문을 잠그십니까?"

"그래, 니 말대로 문이 없는데 잠글 문이 어데 있노."

"문이 안 열립니다."

"그래! 열릴 문이 없으니 들어와 보거라."

무슨 대답을 할까 잔뜩 기대를 하고 있었건만 말문이 막힌 명언 스님은 말없이 내려가 버렸다. 명언 스님이 내려가자 큰스님은 한숨을 쉬었다. 그런 쉬운 말에도 막혀서 대답을 못 하니 화두를 제대로 챙기기는 하는지 의심스럽다고 하셨다. 공부가 좀 된 줄 알았더니 아직 멀었다면서 걱정을 했다. 그리고는 공부가 그리 쉽게 될 것 같으면 세상에 도인이 넘쳐 들끓었을 것이라면서 고개를 흔들었다.

"법념아! 니 같으마 뭐라 캣겠노?"

"글쎄요. 저 같으면 문을 부수고 들어 왔을 것 같은데요."

큰스님은 기가 막혀 무릎을 치며 크게 웃으셨다.

이어서 "공부는 용기도 있어야 하지만, 끝까지 세밀하게 파고들어야 하기 때문에 아무 말이나 막 하는 것이 아니라"고 하셨다.

그러나 명언 스님은 신심이 부족한 건 아니었다. 틈만 나면 큰스님에게 올라와 가라고 밀쳐내고 주장자로 후려갈겨도 움쩍도 않고 앉아있다 내려가곤 했다. 때로 큰스님이 산책을 하면 뒤를 따라다니다 뭐든 시키면 군말 없이 실행에 옮겼다. 그런 신심으로 정진해도 대답을 못하는 명언 스님을 보는 내 마음은 너무나도 착잡했다. 얼마나 더 열심히 해야 하는지 그 끝을 도무지 알 수 없었다. 명언 스님 자신도 답답한지 큰스님이 안 계시는 날이면 염화실 뒷산에 올라가 선사들의 게송을 큰 소리로 읊어 그 소리가 쩌렁쩌렁 울려왔다.

추운 겨울날이었다. 금모대 토굴을 돌아가면 조그마한 옹달샘이 있다. 큰스님은 물이 좀 더 나오게 하려고 명언 스님에게 맨발로 들어가 파게 하였다. 겨울이라 물이 얼어 그런지 물기도 없어 보였다. 그런 샘을 나올 때까지 파라고 하니 한나절을 팠으나 아무 소득이 없었다. 그제야 그만두라고 하신다. 큰스님이 "어떠냐" 하고 물으니 두 손과 두 발이 꽁꽁 얼었을 테지만 아무렇지도 않은 듯이 "괜찮습니다."라고 말했다. 아마 모르긴 해도 동상에 걸려 애를 먹었으리라.

명언 스님은 큰스님이 열반하신 뒤에도 월내 길상선원에서 정진하다가 49재가 끝나자 법이 있는 곳으로 가야 한다며 해운정사 진제큰스님 회상으로 떠났다. 오랫동안 해운정사에서 20여 년이 넘도록 정진에 힘쓰더니만 그 도량을 떠나버렸다.

정말로 공부하려고 애를 쓰던 스님이었는데……. 깨달음으로 가는 길을 포기하지 않고 지금도 정진에 매진하고 있으리라.

비학산(飛鶴山)

큰스님은 고향 이야기를 더러 하셨다. 특히 말년에는 혼자서 몰래 자주 다녀오시기도 하셨다. 고향 이야기에서 빼놓지 않고 드는 건 비학산이다.

"우리 고향에 비학산이라고 있는데, 학이 날아가는 형상이라 카이. 그래서 이전부터 비학산은 명산이라 우리 동네서 큰 인물이 난다 캤어."

큰스님은 어렸을 때부터 비학산은 명산이라는 말을 들으며 자랐다. 동네 어른들은 이 산 아래에서 큰 인물이 둘 나올 거라고 말해 어린 마음에도 그런 말을 들을 적마다 어떤 인물이 날지 매우 궁금하였다.

어머니도 큰스님이 출가하기 전까지 머리를 감기고 나서 빗길 때마다 '비학산 전설'을 들려주었다. 예전에는 머리를 길러 땋았을 때라 머리에 이가 많았다. 이와 서캐를 잡으려면 빗살이 촘촘한 참빗으로 빗겨야 잘 나온다. 어머니 무릎을 베고 누우면 어머니는 머릿결을 부드럽게 하려고 식초 물을 발라가며 정성 들여 빗겨주며 이런저런 옛날이야기를 들려주었다. 그때 당신 아들이 나중에 이름난 도인 스님이 되리라는 걸 상상이나 하셨을까. 막내아들 진탁이도 이다음에 커서 그런 큰 인물이 되었으면 하는 원이 있어 그런 말을 들려주었으리라.

나중에 큰스님이 고향에 갔더니 '그 두 인물 중에 한 사람은 코오롱 그룹에 이원만 회장이고 또 한 사람은 향곡스님'이라고 동네 분들이 말하는 것을 들었다. 우리 마을에서 재벌도 나고 도인도 났으니 비학산은 정말로 명산이라며 전해져 오는 전설대로 인물이 났다고 동네 사람들이 기뻐하더라고 하셨다.

얼마 전, 청하를 가게 되었다. 간 김에 비학산을 가보려고 발걸음을 그쪽으로 향했다. 큰스님을 모시고 청하 보경사를 갈 때, 저기가 우리 고향이고 저 산이 비학산이라고 가리키는 쪽만 바라다보았지 가 본적은 없다. 가는 길에 '비학산 칼국수'라는 간판이 보이기에 들어가 보았다. 큰스님 고향이 가까운 곳에 자리 잡고 있는 가게였다. 마침 점심시간이라 칼국수를 시켰더니 쫄깃한 면발이 입맛을 돋우었다. 계셨더라면 국수를 즐기시는 큰스님께 사드렸으면 얼마나 좋아하셨을까 생각하니 눈물이 핑 돌았다. 말년에는 경주만 오면 흥륜사에 계시면서 고향에 들리곤 하셨다. 다른 데 갈 때는 시자를 데리고 가는데 고향으로 갈 때는 언제나 혼자 가셨다. 궁금해서 어디를 다녀오셨느냐고 물어보면 "비밀이다 와?"라는 단 한마디로 말을 막았다. 아마 추측컨대 고향의 비학산을 바라보며 홀로 옛 생각에 잠겼다가 돌아오지 않았을까 싶다.

어느 해 겨울, 비 오는 날인데도 고향에 다녀오신 적이 있다. 산에 올라가셨는지 옷도 털신도 엉망진창이 되어 돌아오셨다. 입고 갔던 누비 두루마기가 흠뻑 젖어 옷이 천근만근이었다. 무슨 비밀이 있는지 모르지만, 큰스님만이 간직하고 싶은 뭔가 있었을 것이라고 짐작만 할 따름이다. 큰스님 말마따나 '도인의 세계는 도인만 알고 부처의 세계는 부처만 안다' 고 했으니 도무지 알 길이 없다.

나는 큰스님의 고향 마을을 한 번 둘러보고 비학산은 바라만 보다 그 자리를 떠났다. 예전엔 영일군 신광면이었고, 지금은 포항시 북구 신광면으로 지명이 변해버렸으나 비학산은 바뀌지 않고 그 자리에 그대로 있었다. 일전에 종정 큰스님을 뵈러 해운정사로 갔더니 이런 말씀을 하셨다.

"노장님 생가를 가보았더니 옛집은 없어지고 남아 있는 집도 폐가가 되어 있더라"면서 "생가를 복원하려고 포항시장을 만나 의논하였다"고 하셨다. 빨리 실현이 되었으면 좋겠다고 마음속으로 발원하였다.

"봄을 알면 공부 다 한 기다"

보경사 겹벗꽃

사철 중에 유달리 봄을 좋아한 큰스님은 봄이 되면 월내 묘관음사에 계시는 일이 드물었다. 분홍 진달래와 노란 개나리를 좋아해 가다가 보이면 감탄사를 연발하신다.

"히야! 저것 봐라! 꽃 핀 거 봐라!", "느그는 봄이 온 소식을 아나?", "만물이 소생하는 봄기운을 느끼기는 하나!", "봄을 알면 공부는 다 한 기다."

이런 말 이외에, 잠시도 쉬지 않고 본 대로 느낀 대로 말씀하셨다. 때론 멍청하게 앉아 있으면 멋이 없다면서 핀잔을 주었다. 그리고 봄을 제대로 즐길 줄 알아야 공부도 잘할 수 있다고 말씀하셨다.

이렇듯 봄을 사랑하는 큰스님이라 봄을 즐기러 해마다 가는 곳이 있으시다. 탐스러운 겹벗꽃이 만발하는 청하 보경사이다. 이 절은 큰스님 고향과도 가까운 곳으로 나도 두어 번 따라간 적이 있다. 보경사는 들어가는 양쪽으로 겹벚꽃이 줄지어 있는 천년 고찰이다. 고목이 된 시커먼 나무 둥치 위로 분홍색 겹벚꽃이 뭉텅이로 피어 있어 환상적인 봄의 정취를 자아낸다. 큰스님이 참말로 좋아할 만한 풍경이다.

꽃뿐만 아니라 다른 사물들도 보면 그냥 지나치는 일이 없으시다. 예쁘다, 아름답다, 곱다, 굉장하다, 멋있다 등등 감탄하는 말을 아끼지 않고 보낸다. 부처님께서 '찬탄하는 것이 공덕 중에 제일이라'고 하셨는데 큰스님은 자연스럽게 찬탄공덕을 실천하며 분위기를 즐겁게 만들었다. 그런 말을 들은 그들은 얼마나 기쁠까. 옆에서 듣는 우리들마저도 절로 기분이 좋아지는데…….

보경사는 큰스님에게 가슴 아픈 사연이 있는 곳이다. 큰스님을 믿고 따르는 스님 중에 응산 스님이라는 분이 명을 달리한 곳이기 때문이다. 항상 큰스님 곁에서 모든 걸 보필하던 충직한 스님이었다. 고향이 이북 평양으로 큰스님을 위한 일이라면 신명을 다 바칠 정도로 믿고 따랐던 스님이었다.

그해 여름, 큰스님은 응산 스님 외에 다른 스님들과 함께 보경사를 가셨다. 그날따라 바쁘게 서둘러 길채비를 하고 떠났다. 보경사에는 폭포가 많다. 장마로 인해 물이 불어 폭포물이 세차게 물보라를 일으키며 떨어지니 보기가 좋았다. 차례로 폭포를 보며 올라가다가 제일 위에 있는 폭포에 갔을 때였다. 큰스님이 폭포 구경을 하다가 바위에 낀 이끼 때문에 미끄러져 몸이 기우뚱했다. 곁에 서 있던 응산 스님이 놀라서 큰스님을 끌어올리려다가 그만 물에 빠지고 말았다. 비 온 뒤라 바위가 굉장히 미끄러웠던 것이다. 소용돌이 속에서 몇 번을 솟구치다 반드시 눕더니 큰스님을 보고 안심했다는 뜻으로 싱긋 웃고는 그길로 영영 나오지 못했다. 같이 갔던 스님들이 시체라도 건져보려고 사람들을 불러 몇 번이나 시도를 했으나 실패하였다. 결국은 포항에서 해녀를 불러와 건져내었다. 화장까지 마치고 며칠 만에 유골을 안고 월내로 돌아오신 큰스님의 마음은 뭐라고 말할 수 없는 착잡한 심정이었으리라.

그 당시 묘혜 스님은 어리니까 영문도 모르고 큰스님께 이렇게 물었다.

"큰스님, 응산 스님은 왜 같이 안 왔어요?"

"으응, 며칠 있으면 올끼다."

유골함은 영단에 모셨다. 묘혜 스님은 하얀 광목 보자기에 싸인 상자가 궁금했으나 물어보면 안 될 것 같아 차마 물어보지 못했다. 나중에 소식을 듣고 달려온 금륜월보살이 '응산 스님'이라고 대성통곡하는 소리를 듣고 돌아가셨다는 것을 알았다.

해마다 보경사를 가시는 것은 꽃구경이 목적이 아니었다. 일부러 말씀은 안 하셔도 마음속으로 명복을 빌러 가시는 것 같았다. 큰스님을 대신해 목숨을 잃었으니……. 겉으로 전연 표를 내지 않으셨지만 마음으로 느껴졌다. 큰스님은 평소에 응산 스님에 대해 한 번도 말씀하신 적이 없다. 너무 가슴 아픈 사연이라 가슴에 묻어두고 계셨던 것 같다. 우리 스님과 묘혜 스님으로부터 들어서 알았을 뿐이다. 큰스님이 가신 뒤로 벼르기만 하고 보경사를 가보지 못했다. 내년에는 가야지 미루다가 지금껏 그대로다. 정말 죄송할 따름이다.

2017. 여산.

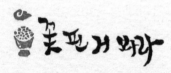

향곡 큰스님 일화 봉암사의 큰 웃음

범어사에서 만난 처녀들

연세가 들어서도 부끄러움을 많이 타는 큰스님은 젊었을 적엔 더 심했다. 범어사 금어선원에서 정진하고 계실 때 일이다. 볼일이 있어 아랫마을에 내려갈 일이 생기면, 항상 아래만 쳐다보고 다녔다. 누가 말을 걸어 올까 봐 무서워 옆도 쳐다보지 않을 정도였으니 낯가림도 무척이나 심했던 것 같다.

꽃핀 봄날, 상춘지절이라 많은 사람들이 범어사로 구경하러 많이 오갔다. 큰스님은 아랫마을에 볼일이 있어 내려가는 중이었다. 마침 꽃구경을 온 처녀들이 올라오다가 큰스님을 보자 말을 걸었다. 가뜩이나 부끄러워 고개도 못 들고 있는데 길을 물은 것이다. 속으로 제발 내게 와서 말을 걸지 말아주었으면 하고 바랐지만 뜻대로 되지 않았다.

"스님, 우리 범어사 올라가는데 내원암은 어디로 가지요?"

갓 스무 살로 숫기가 없었던 큰스님은 처녀들을 제대로 쳐다보지도 못하고 얼굴이 홍당무가 되어버렸다. 암말도 못한 것은 물론 꽁지 빠지게 걸어 내려오고 말았다는 이야기를 들려주셨다.

"그 처여들이 뭐라꼬 무라보는데 낯을 들 수가 있아야제."

큰스님은 처녀를 처여라고 발음하며 아직도 부끄러운지 낯을 쓰다듬었다.

말년의 큰스님을 친견한 이들은, 호리호리하고 빠짝 말라 키만 홀쭉한 큰스님의 젊었을 적 모습은 상상도 하지 못했으리라. '향곡 큰스님'이라는 이미지는 키가 180cm 정도로 크고 몸무게는 90kg 되는 큰 거구로만 기억하고 있을 테니까. 범어사 시절에 찍은 스무 살 당시의 사진을 보면 정말로 날씬한 체구였다. 가끔씩 그 당시의 사진을 보여주며 이렇게 말하셨다.

"요때는 내가 장대같이 빼싹 말랐어. 이 사진 봐라! 그렇제?"

사진이 증명서인 셈이라, 젊은 시절에 찍은 사진을 가져와 확인을 시키곤 하셨다. 처녀들이 곁에만 와도 얼굴이 빨개지던 그 시절의 사진을. 여러 대중들과 함께 찍은 사진으로 키가 커서 비썩 마른 몸이 껑충하니 솟아 올라와 있어 단번에 눈에 들어오는 사진이다. 아무리 봐도 큰스님이라고는 도저히 상상이 할 수 없는 모습이다. 그도 그럴 것이. 밤잠도 안 자고 죽기 아니면 살기로 정진에만 힘쓰던 시절이라 살이 찔 수 없었을 터이다. 오래되어 누렇게 빛바랜 사진 한 장을 내내 들여다 보신다. 내려놓으며 계면쩍은지 싱긋 웃으신다. 그 사진을 지금은 누가 간직하고 있는지 모르겠다.

"불교 위해 목숨 바친 이차돈 뜻 이어야"

이차돈찬

徇義輕生已足驚
순 의 경 생 이 족 경
대의 좇아 가볍게 버린 생명도 놀라기에 족하거늘

天花白乳更多情
천 화 백 유 갱 다 정
천화天花와 젖빛 흰 피 더욱 깊이 사무치네

俄然一劍身亡後
아 연 일 검 신 망 후
문득 한 칼에 몸은 비록 죽었어도

院院鐘聲動帝京
원 원 종 성 동 제 경
절마다 울리는 종소리 서라벌을 뒤흔드네

일 연 선 사 의 시

千里南來訪舍人
천 리 남 래 방 사 인
천리나 먼 남쪽으로 내려와 사인이차돈의 벼슬 이름을 방문하니

青山依舊幾經春
청 산 의 구 기 경 춘
청산은 예를 의지해 몇 번이나 봄을 보냈던고

봄을 알면 공부 다 한 기다 45

若逢末世難行法
약 봉 말 세 난 행 법

我亦如君不惜身
아 역 여 군 불 석 신

만약 말세에 불법을 행하기 어려운 때를 만나면

나도 또한 그대처럼 몸을 아끼지 않으리라

대각국사의 시

위의 두 시는 이차돈 성사를 찬탄한 시다. 월내에서 큰스님 시자를 살 때, 큰스님이 직접 써주신 묵적墨蹟 중에 하나이기도 하다. 세필로 쓴 글씨로 낙관도 없고 큰스님 이름자도 없지만 누구도 흉내 낼 수 없는 글씨체다. 큰스님 글씨는 꾸밈이 없어 언뜻 봐도 아는 이는 다 알아본다. 좀처럼 붓글씨를 안 쓰시기 때문에 큰스님의 글씨를 소장하고 있는 이가 드문 것으로 알고 있다. 오랫동안 큰스님을 믿고 의지하셨던 우리 은사인 혜해 스님도 큰스님 글씨를 하나도 가지고 있지 않을 정도다. 그렇다고 영 글씨를 안 쓰신 것은 아니다. 쓰긴 쓰셨어도 다른 큰스님들처럼 많이 쓰지 않았다. 말년에는 수전증이 있어 손을 약간 떠셨다. 그래선지 글쓰기를 아주 꺼려하셨다. 기록해 둘 일이 있으면 다른 스님들이 대필해주는 일도 있었다.

큰스님은 이차돈 성사를 평소에 존경하셨다. 순교지인 홍륜사 터에 마을사람이 살고 있는 것을 늘 안타까워하며 '돈만 있으면 내가 살 건데'라고 노래를 부르셨다. 그 사실을 안 대구에 사는 박원만심이라는 신도가 처음에 450여 평의 마을 집을 사들여 보시한 것을 시작으로 지금의 흥륜사로 크게 발전한 것이다. 그 당시 흥륜사 터를 사들인 기쁨을 좌담법문으로 한 녹음테이프가 있었다. 동화사 양진암 큰방에서 대중과 나눈 대화록이다. 흥륜사에서 잘 간수하고 있었으나 세월이 지나니 늘어져 쓰지 못하게 되어버렸다. 지금 같으면 기술이 좋아 재생할 수 있었을런지 모르지만 그땐 그게 되지 않았다. 정말로 아쉬운 일이다.

그 내용은 몇 번이나 들어 지금도 머릿속에 생생하게 남아 있다. 그 테이프에는 우리 스님의 도반인 무착 스님의 음성도 들어있어 테이프를 들을 때마다 우셨다. 고인이 된 도반이라 음성만 들어도 저절로 눈물이 나오는 모양이었다. 큰스님은 그러는 우리 스님을 보며 '인자 그만 울 때도 안 됐나'라고 위로하셨다.

녹음테이프 중에 수록된 큰스님 말씀이다.

"거 말이여, 인자 옛날 신라 시대처럼 흥륜사를 크게 일바시야지(일으켜 세워야). 이차돈은 우리 불교를 위해 목숨까지 바쳐 흰 피를 흘린 분 아니어. 만분지일이라도 우리가 그 뜻을 이어야 되는 기라. 알아듣기는 하는지 모르겠네."

얼마나 기쁜지 조금 들뜬 음성이었다.

하루는 〈삼국유사〉를 꺼내 들고 위의 두 시를 새겨주셨다. 이차돈의 순교를 찬탄한 일연선사의 시와 이차돈의 무덤을 참배한 뒤에 대각국사가 지은 시이다. 〈삼국유사〉에 의하면, 이차돈이 참형을 당할 때 머리에서 흰 피가 솟아오르며 백률사 금강산정에 떨어졌다고 한다. 그 자리에 묘소를 만들었다고 전해지나, 세월이 흘러 흔적이 없어져 버렸다. 아직도 그곳을 찾지 못하고 있어 안타깝기만 하다.

"법념아! 〈삼국유사〉 읽어 봤나?"

"읽었지만 다 잊어버렸습니다. 큰스님."

"그래, 내가 새기 주께 잘 드라봐라. 알았나."

이렇게 〈삼국유사〉 권 제3에 있는 흥법 제3을 듣게 되었다. 큰스님은 틈만 나면 〈삼국유사〉를 읽어 책 안에 있는 내용을 거의 다 외우다시피 하셨다. 직접 새겨주는 시의 내용을 듣고 나는 크나큰 감동을 받았다. 잊어버리지 않기 위해 써달라고 졸랐더니 흔연히 허락하시고 먹을 갈라고 하셨다. 종이 하나라도 허투루 버리는 일이 없는 큰스님이라 문 바르고 남은 한지 조각에다 써주셨다. 가로 14cm, 세로 17cm의 작은 문종이 두 장에 각각 쓴 것이다. 몇 년 전에 두 폭 병풍으로 만들었다. 다실에 두고 싶었지만 잃어버릴까 봐 잘 보관해 두고 있다.

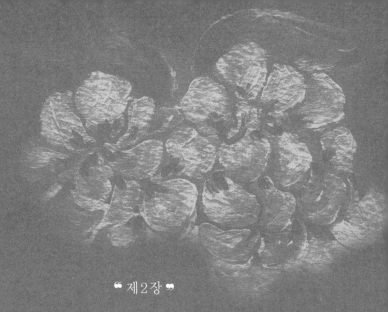

제2장

밥 안묵는 기 무슨 공부가?

묘혜 스님

묘혜 스님은 일곱 살 어린 나이로 묘관음사에 와서 열네 살까지 향곡 큰스님 회상에서 자랐다. 그런 인연으로 큰스님에 대한 기억이 다른 이들보다 많은 스님이다. 전생부터 무슨 인연이 있었던지 성철 큰스님, 자운 큰스님, 우화 큰스님 석암 큰스님 등 당대 큰스님들의 귀여움을 독차지하며 자랐다. 여러 큰스님들과 인연을 맺었으니 정말로 복이 많은 스님이다.

특히 성철 큰스님은 아이들을 좋아해 어린 묘혜에게 줄 사탕을 항상 지니고 다닐 정도였다. 줄 때는 그냥 주는 법이 없이 '줄까 말까' 하시며 애를 한참 달군 뒤, 울리고 나서야 꼭 주셨다. 성철 큰스님은 바닷가로 산책 가실 때 '묘혜야, 내 따라가자' 하며 손잡고 가신 적이 많았다. 그때마다 장삼 소매 속에 사탕을 숨기고 가서 마을 아이들을 모아놓고 사탕을 나눠주곤 하셨다. 그때도 그냥 주는 법이 없고 '석가모니불'이나 '아미타불'이라고 부처님 명호를 불러야만 주셨다. 그 당시 성철 큰스님께 사탕을 얻어먹었던 아이들은 이젠 중년이 되어 나에게 '사탕이야기'를 들려주었다.

"그땐 그리 큰스님인 줄 몰랐심더. 사탕 얻어먹을라꼬 시키는 대로 큰소리로 염불했다 아입니까. 인자 해인사에서 종정이 되셨다 카데요."

어릴 때부터 묘혜 스님은 스님들만 보면 좋아했다. 절에 가면 스님들이 많다고 하니 따라가겠다고 졸랐다. 신도 한 분이 묘관음사에 오면서 한 번 데리고 왔다. 그랬더니 나이도 어린 것이 다음날 묘관음사로 찾아왔다. 혼자서 몰래 십리 길을 걸어온 것이다. 집에서 찾으러 와 아무리 가자고 해도 고개를 흔들며 안 간다고 막무가내였다. 딸아이였지만 하는 수 없이 큰스님 회상에서 키우기로 정했다. 전생의 인연이 아니라면 이런 일은 있을 수 없는 일이리라.

아직 어린애라 큰스님을 아버지로 알고 아버지가 누구냐고 물으면 자랑스럽게 "향곡 큰스님"이라고 답해 어른 스님들의 웃음을 자아냈다. 어느 날 석남사 주지이신 인홍 스님이 와서 물으니, 여느 때와 똑같이 "향곡 큰스님"이라고 말했다가 크게 혼이 났다. 그 뒤로는 그런 대답을 하면 안 되는 줄 알고 누가 물으면 입을 꼭 다물었다.

어린 묘혜는 천성이 바지런해 뭐든 혼자 척척 해냈다. 어느 날 대중 스님들이 감자 캐는 운력을 하러 가서 저녁에 돌아왔다. 아홉 살 난 꼬마가 스님들이 늦게 돌아오면 배고플 거라고 미리 밥을 지어놓아 깜짝 놀라 혀를 내둘렀다. 누가 시킨 것도 아닌데 스스로 할 정도로 영특했던 모양이었다. 눈치도 빨라 큰스님 회상에서 누구 하나 성가시게 하는 법도 없고 어린데도 뭐든 똑 부러지게 잘해서 대중들의 사랑을 많이 받았다고 우리 은사 스님이 말했다. 큰스님도 그런 묘혜가 기특해 보기만 하면 머리를 쓰다듬어 주셨다.

큰스님 회상에는 사부대중이 살아 비구니 스님들도 더러 와서 살았다. 묘혜 스님은 계집아이라고 여자 옷을 입혀 키웠다. 그중에서 일타 큰스님의 누님인 응민 스님은 묘혜를 각별히 귀여워해 설이나 추석에는 직접 천을 구해 와서 만들어 입혔다. 그뿐만 아니라 천 쪼가리만 있으면 모아두었다가 시간만 나면 재봉틀을 돌려 이것저것 만들어 주었다. 다른 스님들이 시샘을 할 정도였다니 어지간히 예뻐한 모양이었다.

묘혜 스님의 기억 속에 큰스님은 자비로움 그대로였다.

"어린애지만, 한 번도 나에게 나쁜 말을 하시는 것을 들어보지 못 했다. 원래 점잖으셔서 '가시나'라는 말조차 입에 올리신 적도 없었고 장난으로라도 때려본 적이 없었다."고 말했다.

14살이 되던 해, 큰스님은 '여자아이라 더 이상 월내에 두면 안 되겠다'고 묘혜 스님을 진주 대원사로 보냈다. 행원 스님을 은사로 출가한 뒤, 큰스님의 뜻에 따라 제방의 선원을 두루 다니며 공부하였다.

현재는 하양의 향림선원香林禪院의 주지로 있으면서 대중과 함께 정진하며 외호에 힘쓰고 있다. 선원의 이름은 향곡 큰스님이 지어주셨다. 큰스님의 법호인 향곡혜림香谷蕙林에서 향림香林이라는 두 글자를 떼어 주실 정도로 묘혜 스님을 아끼고 사랑하셨다.

향림선원에서는 운봉 큰스님과 향곡 큰스님의 영정을 나란히 모셔놓고 조석으로 예배를 드린다. 뿐만 아니라 월내 묘관음사에서 지내는 큰스님 기일에 한 번도 빠진 적이 없고 큰스님께 올릴 공양물을 손수 정성스레 만들어 와서 해마다 올린다. 스님의 정성에 탄복할 따름이다.

다락 정리

물건정리를 큰스님처럼 깔끔하게 하는 이는 드물 것이다. 열반하신 뒤 책상 서랍을 열어보니 어느 것 하나 흐트러짐 없이 잘 정리정돈이 되어 있었다. 그렇다 보니 평소에 가위가 어디로 갔나, 칼을 어디에 두었나 하고 찾는 일이 거의 없으시다. 매사에 철두철미한 성격이 그대로 드러나 있음을 책상 속의 살림살이 하나에서도 엿볼 수 있다.

좀 덜렁거리는 나는 큰스님에게 늘 혼이 났다. '한 손으로 물건을 들지 말라', '사람들이 드나드는 문 앞에 뭘 두지 말라', '물건을 소리 나게 다루지 말라' 등이다. 왜 그러면 안 되는지를 일일이 설명해 주며 주의를 주셨다. 물건도 사람처럼 소중히 여기는 마음을 가져야 한다. 그러려면 두 손으로 공손히 들어야 한다. 바쁘다고 물건을 아무 데나 두면 걸리거나 넘어질 수 있다. 조금만 주의해서 물건을 제자리에 두면 자기가 하는 일에도 장애가 생기지 않는다. 문 앞이나 사람이 다니는 길목에 물건을 두면 걸려서 넘어질 수가 있다. 그런 일이 반복되면 하는 일에 걸림돌이 생긴다. 사람도 다치면 아프듯이 물건도 세게 다루면 아파한다. 다치지 않도록 조심스럽게 들고 놓아야 한다고 늘 가르치셨다.

공부가 따로 있고 일이 따로 있는 것이 아니다. 일 잘하는 놈이 공부도 잘한다는 것이 큰스님의 지론이시다. 정말로 그렇다고 여기면서도 실천은 왜 그리 어려운지….

큰스님은 청소 하나라도 빈틈없이 하셨다. 먼저 시작하기 전에 청소할 빗자루와 먼지털이, 걸레 등을 미리 준비해 두고 찬찬히 정리하셨다. 특히 다락 청소할 때마다 느끼는 일이지만 어떻게 하시는지 몰라도 소리가 거의 나지 않는다. 치우는 동안 달그락 소리도 안 날 정도로 조용하다. 무슨 일이 생겼나 싶어 때때로 '큰스님' 하고 불러본다. '와, 안즉 멀었다'라는 말이 들리면 안심하곤 했다. 물건을 들고 놓을 적에 소리가 나는 걸 들어본 적이 없었으니까.

큰스님이 쓰시는 방 한편에 다락이 있는데 언제나 혼자 올라가서 정리를 하신다. 같이 올라가서 좀 도와드릴라치면 '어라, 됐다 됐어'라며 손을 내저으신다. 큰스님 이외에는 그 누구도 다락에 올라가 본 사람이 없다. 시간이 나면 한 번씩 치우신다. 층계가 있는 것도 아니어서 발판을 가져다가 디디고 올라가신다. 부엌 천장 위로 만든 작은 다락으로 무슨 물건인지 몰라도 빼꼭하게 들어차 있다. 밖에서 언뜻 보니 사람이 서지도 못할 뿐만 아니라 겨우 앉을 수 있는 공간만 비어 있다. 그래선지 여름에 올라가면 땀이 뒤범벅되어서 내려오시곤 했다.

그날도 아침부터 다락 정리를 하시더니 점심 무렵에야 나를 불렀다.

"이거 받아봐라!"

들고 내려온 물건은 여름 속옷들이었다. 전부 새것으로 봉투도 뜯지 않은 채였다.

"이거 대중들한테 노나 줄 끼다. 몇 갠가 세알리봐라(세어보아라)."

대충 눈짐작으로 스무 개는 넘는 것 같았다. 선물이나 공양받은 것들을 차곡차곡 모아두었다가 스무 개가 넘는다 싶으면 대중스님들께 나누어 주셨다. 당신은 내의나 양말이 떨어지면 기워서 쓰셨다. 다른 이들에게 부탁하는 일도 없고 손수 꿰맸다.

"이전에 내가 선방에 당길 때는 다 기버(기워) 입었다. 실하고 바늘하고 항상 지니고 다녔제. 헝겊떼기가 생기마 모다 두고 실오래기 하나 안 버리고 썼제. 뭐든동 다 귀하기 여겼지. 요즘은 너무 흔해서 탈이라."

이런 말씀을 자주 하셨다. 다락 정리를 하실 때, 때로는 비타민이나 영양제 등도 가지고 내려올 때가 더러 있으시다. 많으면 대중들에게 다 나눠주신다. 특히 몸에 좋다는 약 종류는 입승을 사는 스님이나 정진을 잘하는 스님들을 따로 불러 몰래 주기도 하셨다. 직접 부르지 않고 시자인 나를 시켰다. 뭐든 바로 전하는 일이 거의 없다. 당신이 직접 주기가 부끄러우신지 언제나 남을 통해 주도록 하신다.

"공부 잘하는 이가 제일 여쁘지. 묵고 건강하기 정진하라꼬 주는 기다." 예쁘다를 항상 여쁘다라고 말하는 큰스님이셨다.

큰스님 드시라고 갖다 드린 약은 거의 대중들에게 돌리셨다. 간경화라는 걸 아는 신도님들이 외제 약을 일부러 구해 갖다 드린 귀한 것들이지만 당신은 한 알도 입에 넣지 않으셨다. 큰스님께서 드시지 왜 스님들에게 다 주어버리느냐는 나의 말에, 내가 먹는 것보다 대중스님들이 먹고 정진 잘하기를 바란다고 대답하셨다. 다락 위의 물건들은 거의 다 남들에게 줄 물건들이었다.

삼일장

큰스님이 계실 적엔 해마다 삼일장㬰을 만들었다. 메주를 띄워 장을 담글 때가 되면, 메주 덩어리를 한두 개 남겨두었다가 삼일장을 먼저 만든다. 경상도에서는 무장이라고도 한다. 큰스님은 삼일장을 매우 좋아해 사중에서 매년 담갔다.

삼일장을 보면 모친 생각이 나시는지 한마디 하신다.

"우리 어머이는 내가 무장을 좋아하이께 해마둥 담갔제. 촌에서야 뭐 빌다른 기 있어야제. 별미라꼬 담까 무갔지."

삼일장을 드실 때마다 어머니의 추억을 드시는 것 같았다.

삼일장은 소금을 물에 풀어 메주를 뚝뚝 떼어 넣은 후, 삼일만에 먹을 수 있다고 부르는 이름이다. 메주 덩어리가 그대로 씹히는 맛도 있고 심심하게 담그니까 많이 먹을 수 있어 옛 스님들이 좋아하던 음식이다. 단백질이 부족한 절에서 영양 음식의 하나로 꼽힌다. 지금은 사찰에서도 연세가 든 어른 스님들이 계시는 절에서나 만들지 잘 담지 않는 장이다. 식성에 따라 고춧가루를 넣거나 통깨를 뿌리기도 하는데 큰스님은 굵은 고춧가루를 넣어 드시는 걸 좋아했다. 아마 모친께서 손으로 퉁퉁 빻은 거친 고춧가루를 넣은 것 같다. 가끔 별식으로 샐러드를 해 드릴라치면 별로 입맛에 안 맞아 하셨다.

"나는 이전에 묵든 음식이 좋지. 요새 음식은 빛만 좋지 맛은 업사."

식성이 좋으셔서 뭐든 잘 드시는 편이지만, 소위 말하는 신식 음식에는 젓가락을 잘 대지 않으셨다. 어머니가 해주던 예전 음식을 자주 이야기하시며 그렇게 만들어주기를 바라기도 하셨다. 연세가 드시니 이전에 드시던 음식이 그리웠던 모양이셨다.

"우리 어머이는 풋고치를 밀가리(밀가루)에 무치서 밥 우에 찌가 양념장을 뿌리 주마 그래 맛있을 수가 없었거등. 밥이 끓어서 뜸이 들라칼 때 행주를 깔고 그 우에다 찌는기라."

연신 입맛을 다시면서 설명하시던 모습이 눈에 선하다. 말씀대로 한번 해드렸더니 이전처럼 맛이 없다고 하셨다. 내가 미안할까 봐 당신 입맛이 변한 것 같다고 하셨지만 아무래도 음식 솜씨가 없는 내 탓인 것 같아 미안한 마음이 들었다.

올해는 은사 스님인 혜해 스님이 삼일장을 담그라 해서 만들었더니 젊은 스님들은 손도 안 대었다. 은사 스님과 나만 맛있게 먹었다. 큰스님이 계셨더라면 큰 종지로 한 종지는 다 드셨을 터인데….

삼일장만 보면 큰스님 생각이 난다. 담백하면서도 깊은 맛이 우러난 그 맛은 큰스님을 닮은 것 같다. 겉보기는 별로나 먹으면 먹을수록 고향 생각이 나는 맛. 한 번 먹으면 또 먹고 싶어져 매년 담게 되는 장. 삼일장의 매력이다. 큰스님은 그야말로 '뚝배기보다 장맛'이 나는 분위기를 지니셨다. 인공감미료가 전혀 들어가지 않은 자연 그대로의 맛을 아는 분이시다.

유부초밥

큰스님이 제일 고급으로 여기는 음식은 유부초밥이다. 유부라는 튀긴 두부가 당신 생각으로는 엄청나게 비싼 재료라고 생각하신 듯하다. 아닌 게 아니라 손도 많이 가고 돈도 제법 드는 거라 절에서는 좀처럼 해드리기 어려웠다. 지금이야 살림살이가 나아져 그렇지 않지만, 그땐 그랬다.

부산국제시장 근처에서 일식집을 하던 법륜행 보살은 큰스님을 자주 초청해서 유부초밥을 공양했다. 유부초밥을 드시고 온 날은 턱을 슬슬 쓰다듬으며 싱글벙글 웃으셨다. 큰스님은 즐겁거나 기쁜 일이 있으면 턱을 만지며 말씀하는 버릇이 있으시다. 법륜행이 서울로 이사를 간 뒤로는 진여성 보살이 그 뒤를 이었다. 진여성 보살은 집에서 유부초밥을 만들어 와서 큰스님께 자주 올렸다. 얌전하게 생긴 보살로 언제나 옷도 한복으로 단정하게 입고 머리 모양도 생머리를 깔끔하게 빗어 올려 조신한 인상을 풍겼다. 유부초밥을 갖고 올 때는 찬합에 차곡차곡 정성스레 담아 보자기에 싸서 신주단지 모시듯이 곱게 들고 왔다.

불국사 조실이신 월산 큰스님께서도 큰스님이 유부초밥을 좋아하는 줄 아시기 때문에 같이 드시러 가자고 권하는 일이 가끔 있었다. 두 분은 서로 연락을 해서 큰스님이 경주 흥륜사에 오시는 날이면 어디론가 같이 잘 나가셨다. 월산 큰스님은 함경도 분이라 메밀국수를 좋아하셨다.

"오늘 메밀 한 그릇 하러 갑시다."

"거 좋지요. 갑시더."

큰스님은 자가용이 없으니 언제나 월산 큰스님이 오셔서 함께 가셨다. 다녀오시면 기분이 좋으셔서 말씀하신다.

"오늘은 저 어덴고 모르겠는데 월산 스님하고 가서 유부초밥하고 메밀국시도 묵고 왔다."

"맛이 좋았습니까?"

"암만 캐도 유부초밥은 진여성이 제일이지. 그래도 잘 묵었다."

큰스님 입맛에는 진여성 보살이 만든 게 제일인 모양이다. 흥륜사에서도 솜씨를 부려 유부초밥을 가끔 해드렸는데 진여성이 한 것만 못하다고 항상 그러셨다. 보통 유부초밥은 좀 달게 만드는데, 진여성 보살이 만든 초밥은 달지 않으면서도 감칠맛이 있었다. 너무 시지도 달지도 않으면서 적당한 간이 배여 아무리 먹어도 질리지 않는 맛을 낸다. 그

것은 다른 사람이 흉내 낼 수 없는 맛이다. 큰스님은 그 맛을 용케도 잘 아시는 것 같았다.

"간을 잘 맞추기가 그르키(그렇게) 쉬운 줄 아나. 공부도 똑같은 기라. 아무나 다 잘 할꺼 같으마 무신 걱정이 있겠노."

뭐든 공부에 비유해 말씀하시던 큰스님의 목소리가 곁에서 들리는 듯하다.

"밥 안 묵는 기 무슨 공부가?"

일중식(日中食)

큰스님은 스님들이 오면 뭘 잘 물으셨다. 특히 선방에서 정진하는 스님들에게는 이런 질문을 자주 하셨다.

"니는 밥은 잘 묵나?" "

"아니오, 오전 불식 합니다."

"야. 니도 대데 빠졌네(덜 떨어졌네). 밥은 거르지 말고 잘 무야 하니라."

식생활이나 식습관은 건강과 직결되기 때문에 관심을 많이 가지셨다. 큰스님은 꼭 세 끼니를 챙겨 드신다. 선방에서 누군가가 아침이나 저녁을 안 먹는다고 하면 덜된 인간이라고 별로 탐탁지 않게 여기신다. 게다가 하루 한 끼만 먹는 일중식日中食을 한다고 말하면 이렇게 핀잔을 준다.

"안 묵는 기 무슨 공부가. 공부를 힘써 할라 카몬 뭐든 동 묵어야 되니라. 하라는 정진은 안 하고 묵는 거 가지고 야단을 지기네. 허허."

헛웃음을 웃으며 안타까워하셨다. 확실히 안 먹으면 졸음은 덜 온다. 그러나 기력이 딸리는 것만큼은 사실이다. 한때는 유행처럼 안 먹는 것이 대세가 돼 선방마다 오전, 오후 불식을 하는 스님들이 많았다. 큰스님은 그런 모습을 바라보고 크게 걱정을 하시며 '그건 아니지'를 연발하셨다.

큰스님은 '공부를 힘 있게 밀고 나가려면 잘 먹고 잘 자야 한다. 삼매에 들어가 저절로 먹고 자는 걸 잊어버리게 되는 경지에 들어갔으면 모를까. 일부러 끼니를 굶는 것은 어리석은 일이다. 애쓴다고 너무 잠을 안자는 것도, 안 먹고 버티는 것도 정진에는 도움이 안 된다. 일부러 무리하게 하면 병만 생긴다. 그저 평소대로 꾸준히 하다 보면 화두가 죽 이어져 언젠가는 저절로 몽중일여夢中一如의 경지에 이르게 된다'고 늘 말씀하셨다.

"법념아, 니도 밥 안 묵는 불식하나."

"아니오, 저는 세 끼 먹어도 배고픈걸요."

"그래, 묵고 공부해라. 무리한다고 되는 게 아니여."

한국 사람은 밥 힘으로 산다고 할 만큼 먹는 것을 중요하게 여긴다. 큰스님도 먹는 것에 관심이 많으시다. 특히 참선하는 수좌들은 힘이 떨어지면 화두가 순일하게 들리지 않는 수가 많다. 화두를 밀고 나가는 힘은 오로지 먹는 데서 나오기 때문에 밥 잘 먹는 수좌가 공부도 잘한다고 하시며 세끼 밥은 거르지 말고 먹으라고 당부하셨다.

아닌 게 아니라 밥을 안 먹고 오전 불식이나 오후 불식을 하는 스님들을 보면, 밥만 안 먹지 과일이나 과일 주스, 그 밖에 다른 걸로 배를 채우는 이들도 더러 있다. 그럴 거면 아예 밥을 먹는 게 더 낫지 않을까 라는 생각이 들 때도 있다. 큰스님은 '공부를 하기 위해 밥을 안 먹는 것이 아니라, 나는 안 먹고도 잘 졸지 않고 버틴다는 것을 내세우기 위한 것이라 공부에 하나도 보탬이 안 된다' 고 단단하게 못을 박았다.

"작을 때 없앴으마 고생 덜 하지"

뾰두라지

큰스님은 젊었을 적에 여드름이 많이 났던 것 같다. 짜낸 자국이 얼굴에 많이 남아 있다. 그뿐만 아니라 뾰두라지도 잘 났는지 여드름 흔적보다 큰놈이 군데군데 보인다. 어떤 것은 구멍이 커서 자칫 잘못 보면 마마자국으로 보는 이도 더러 있을 정도다. 피부도 검은 편인 데다가 여드름 자국도 군데군데 자리 잡고 있어 처음 뵙는 이들은 무서운 인상이라고 말하는 이도 가끔 있다.

하루는 큰스님의 앉음새가 영 불편해 보였다. 앉아 있는 것 자체가 편치 않은 듯 앉았다 섰다를 반복하며 안절부절 하는 모습이었다.

"큰스님, 어디가 아프세요."

"아이다. 게안타(괜찮다)."

그러면서도 뭔가 하실 말씀이 있는 듯했다. 몇 번이나 물었더니 부끄러워하시며 바지 끈을 내렸다. 엉덩이에 딱딱한 물질이 제법 크게 자리

잡아 심각함을 말해 준다. 참다 참다 견디지 못해 창피한 걸 무릅쓰고 보여주신 것이다. 뽀두라지가 돌처럼 되었으니 앉을 때마다 얼마나 아프셨을까. 우환덩어리를 너무 키워서 어찌 해볼 도리가 없을 정도로 심각했다.

결국은 병원으로 직행을 해서 수술을 받았다. 부산에 있는 윤 금륜월 보살의 사촌 여동생 병원에서 수술을 했다. 자리 잡은 부위는 넓지 않았으나 깊이 박혀있었던 모양이다. 얼마나 깊숙이 들어가 있었는지 칼이 8센티까지 들어가서 도려내었다는 말을 의사에게서 들었다. 그 정도 길이라면 가운데 손가락 길이다. 들어내기 얼마나 어려웠을까. 생각만 해도 끔찍하게 느껴졌다.

병원 원장은 사촌 여동생의 남편으로 다른 의사에게 맡기지 않고 직접 집도했다. 큰스님은 수술한 상처가 다 나을 때까지 거동이 불편해 꽤 고생을 하셨다. 그러나 다행히 잘 아물어 일주일 뒤에 퇴원했다. 입원비는 한 푼도 받지 않았다. 독실한 기독교인인 원장님의 특별배려였다. 큰스님의 인품에 감화를 받아 은혜를 갚아야 한다며 극구 사양했다. 그 뒤로 덧날까 봐 두려워했으나 후유증도 없이 깨끗하게 나아 두 번 다시 병원을 찾는 일은 없었다.

제거한 덩어리를 보니 생각한 것보다 더 컸다. 시커멓게 굳은 덩어리를 보더니 큰스님이 한마디 하셨다.

"작을 때 없앴으마 애도 안 묵았을 낀데 냐 뒀다가 병을 키았다. 뭐든동 애초에 없에뿌리야지 고생을 덜 하지."

어지간히 고생을 하셨던지 몇 번이나 되풀이해 말씀하셨다. 처음엔 그저 작은 뾰두라지라 대수롭지 않게 여겼던 모양이다. 그렇게 커질 줄은 꿈에도 생각지 못한 일이었으리라. 그런 일이 있은 후로는 조그마한 뾰두라지가 생겨도 나를 불렀다.

"법념아, 이거 짜버리야 되겠다. 또 커질라."

작은 뾰두라지에 엄지손가락을 대고 힘껏 눌렀다.

"뭐든 열심히 하다보면 해내는 기라"

아욱국

시자를 산 지 얼마 안 되어서다. 비구 스님들이 사는 처소라 뭐든지 조심스러웠다. 무엇보다 음식 만드는 일이 제일 문제였다. 같은 비구니라면 물어보기라도 할 텐데 공양간에는 나이 든 노보살님뿐이라 묻기도 어려웠다. 아욱국을 끓여오라고 해서 멀겋게 해서 상에 올렸다. 출가하기 전, 집에서는 아욱국을 먹어 본 적이 없다. 어떻게 끓여야 할지 도통 알 수 없어 나름대로는 정성들여 맛있게 하느라고 해서 드렸다.

"법념아, 이거 누가 끓였노."

"제가요."

"니는 아욱국을 한 번도 안 묵어 봤나."

"예, 아욱을 본 적도 없습니다."

"아이고 답답해라. 아욱국 근처에도 안 가 봤으이 할 수 없지."

큰스님이 아욱국 끓이는 방법을 상세하게 가르쳐 주었다. '아욱은 잘 다듬는 것이 제일 중요하다. 잎을 따고 난 줄기도 연하면 버리지 말고 이파리와 함께 국거리로 쓴다. 통통한 줄기는 국을 끓이면 단맛이 난다. 다 다듬은 아욱은 물에 잘 씻고, 만약에 아욱이 좀 억세다 싶으면 조금 비벼서 씻는다. 씻은 아욱은 채반에 두어 물기를 뺀다. 먼저 쌀뜨물을 받아 불에 올린다. 쌀뜨물이 없으면 밀가루를 약간 풀어 쓴다. 물이 끓으면 된장을 걸러 넣고 씻어 놓은 아욱도 함께 넣는다. 처음에는 간이 싱겁다 싶을 정도로 맞춘다. 푹 끓어서 아욱이 익었다 싶으면 고추장을 조금만 풀어 넣어 한소끔 끓인다. 마지막으로 간장을 넣어 간을 맞춘 뒤 들어낸다.'

아욱국 끓이는 방법은 잘 들었지만, 왜 그런지 몰라도 계속 퇴짜를 맞았다. 이유는 고추장을 너무 많이 넣었다던가, 쌀뜨물이 희멀겋다던가, 아욱이 덜 들어갔다는 등이다. 이런 실패를 여러 번 거친 뒤. 여섯 번째 끓인 아욱국이 겨우 합격점을 받았다. 잘하려고 신경을 쓰는데도 뭐가 하나씩 빠져서 제맛을 살리지 못했다. 국 한 가지 잘 끓이는 것이 이렇게 어려운지 예전에는 미처 몰랐던 일이다.

그날도 여느 때와 다름없이 아욱국을 끓여 올렸다. 한 숟가락 떠서 입으로 가져가신다. 맛을 보는 동안 뭐라고 하시려는지 가슴이 두근거린다.

"법념아, 인자 아욱국 맛이 나네."

드디어 인정을 받은 것이다. 그 소리를 들었을 때, 속으로 뛸 듯이 기뻤다. 결국은 해냈다는 성취감이 몰려온 것이다. 아무 것도 아닌 것 같지만 뭘 하나라도 제대로 하려면 노력 없이는 이루어지지 않는다는 걸 깊이 느꼈다. 직접 해보지 않은 사람은 아마 모를 것이다. 큰스님 말마따나 '뭐든 열심히 하다 보면 해내는 기라.' 지당한 말씀이시다.

큰스님 옷

허리가 겨우 들어갈 정도의 바지를 어느 신도님이 가지고 오셨다. 연세가 드신 신도분이라 큰스님의 거구를 짐작 못 했는지 너무 작았다. 아니면 다른 이에게 시켰는지 알 순 없지만 바느질을 잘 모르는 이가 만든 것 같았다. 허리도 잘 싸이지 않는 바지를 큰스님은 고치지도 않고 그냥 입으셨다. 그 바지를 입을 적마다 꼭 한마디 하신다.

"아마 그 보살은 내가 날씬한 줄 아는 모양이라. 꼭 째이니께 바지 내려갈 일이 업사서 좋네."

언제나 긍정적으로 말씀하시며, 성의를 생각해 더 늘이지 않고 그냥 입으셨다. 그것이 공양 올린 분에 대한 예의라고 하시면서.

그것뿐만이 아니다. 겨울에 내복이 공양 들어왔다. 치수가 95였다. 105쯤 되어야 그런대로 입을 수 있는데 작아서 몸에 꼭 끼었다. 큰 치수로 바꾸어 입으시라고 해도 그냥 입으셨다. 면이 아니고 폴리에스텔이라는 합섬제품이라 조금은 늘어났지만 불편한 옷이었다. 두어 번 입으시더니 도저히 안 되겠는지 나에게 물려주셨다. 옷은 깨끗이 입으면 그만이라고 색깔이나 모양, 치수 등에 별로 관심이 없으셨다. 맞춤옷을 입어 본 적이 거의 없어 큰스님 옷은 치수가 딱 맞는 옷이 별로 없었다. 크거나 아니면 작거나 했지만 불평불만 없이 그저 감사하게 여기며 입으셨다.

어느 해 가을, 큰스님께 누비 두루마기가 하나 생겼다. 이번에는 너무 컸다. 큰스님 같은 큰 체구에도 컸으니 얼마나 큰지 아는 사람은 짐작이 가리라. 그 옷도 큰 채로 입고 다니셨다. 겨울에 누비 두루마기를 걸치면 가뜩이나 체구가 크신 데다 솜을 두툼하게 둔 옷이라 남산만 해 보였다. 그래도 따뜻하다고 밖에 나가실 땐 즐겨 입고 나가셨다. 겨울에 입을 변변한 두루마기가 없다가 누비 두루마기가 생기니 겨우 내내 그것만 입고 좋아하셨다. 내로라하는 승복 점에 가서 변변한 옷 한 벌 맞춰 본 적도 없고 그저 생기는 대로 입으셔도 만족하게 생각했다.

"이거 말이다. 솜이 많이 들어가 따시서 그저 그만이라. 해다 준 이한테 참말로 고맙다는 생각을 늘 하지."

어쩌다 옷들을 정리해 보면 큰스님 치수에 맞는 옷들이 거의 없다. 게다가 새 옷보다 헌 옷 나부랭이 등이 더 많았다. 양말조차도 말짱한 양말보다 기운 양말이 더 많았으니까. 모르는 이들은 큰스님이라 호사스럽게 살았을 것이라고 생각하는 이도 더러 있으리라. 검소하게 살아 좋은 물건을 몸에 지닌 적이 거의 없으시다. 뭐든 알뜰하게 쓰고, 소중하게 여기는 습관이 몸에 배어 있었다. 절약하는 것으로 치면 큰스님을 따라갈 이가 없다. 세숫비누 하나에도 버리는 은박지를 밑에 발라 물기가 스며들지 않게 하였다. 물기가 있으면 비누가 불어 빨리 닳아버린다고 할 정도였으니까.

큰스님은 언제나 감사한 마음으로 공양물을 받으셨다. '우리가 시주의 은혜를 갚는 길은 정진밖에는 없다. 그러니까 부지런히 공부하는 것만이 그 은혜를 갚을 수 있는 길이다'라고 누누이 말씀하셨다. '공양을 올리려거든 수행을 잘한 도인에게 공양하는 것이 제일 공덕이 많다'고 하시고, 따라서 '공부 잘하는 수좌들에게 공양하는 것도 똑같이 무량복을 받게 된다.'고 하셨다.

"인자 서울은 오라캐도 안갈끼다"

워커힐 쇼

서울에 다녀오신 큰스님은 돌아오셔서서 할 얘기가 많았다. 난생처음 '쇼'라는 것을 보고 오셨기 때문이다. 당신이 지금껏 본 중에 가장 충격적인 사건이었으리라. 큰스님을 믿고 의지하는 신도들 중에는 서울 사는 분이 여럿 있었다. 그 신도들이 마음먹고 큰스님을 서울로 초대하였다. 세상 물정을 전혀 모르는 큰스님을 위해 신도들이 깜짝 이벤트를 준비하고, 눈치채지 못하게 비밀에 부쳤다. 오신 김에 워커힐 쇼를 보여드리기로 결정을 본 것이다.

멋모르고 따라간 곳이 워커힐 호텔의 가야금 홀이었다. 뭐 하는 곳인지도 모르고 예약해 놓은 자리에 앉았다. 시간이 되자, 음악이 울리면서 수영복 비슷한 옷을 입은 외국 여자들 수십 명이 춤추며 나타난 것이다. 그런 모습을 본 큰스님은 얼굴이 빨개져서 얼굴도 가리고 눈도 제대로 뜨지 못하셨다. 같이 간 신도님들은 쇼보다 큰스님이 부끄러워

하시는 모습이 더 재미있었다고 했다. 아마 모르긴 몰라도 혼이 나갈 정도로 놀랐으리라.

1970년대 워커힐 쇼는 세계적인 규모로 거의 외국인으로 구성된 쇼 단이었다. 화려한 것은 물론, 당시로써는 파격적인 의상을 입고 출연했다. 수영복 차림만 해도 놀라운데, 가슴을 완전히 드러낸 옷을 입고 춤을 추었으니 큰스님이 황당해하신 것은 당연하다. 나갈 수도 없고 꼼짝없이 앉아 끝까지 보면서 얼마나 부끄러워했을지 상상이 간다. 얼굴을 가리거나 쓰다듬으면서 제대로 보지도 못했을 성싶다.

"법념아, 니는 마실에 있을 때 워커힐 쇼라 카는 거 봤나."

"예, 한 번 봤어요."

"그라마 외국 여자들 가슴을 훌렁 벗고 나오는 것도 봤나."

"예, 외국 쇼에서는 그런 거 보통입니다."

"와이고, 나는 부끄러버서 죽는 줄 알았데이."

"속인들은 그런 걸 예사로 생각하는데, 그렇게 부끄러우셨어요."

"서울 보살들이 날 속이고 델꼬 가서 귀신한테 홀린 줄 알았제. 인자 서울은 오라캐도 안 갈끼다. 망신스러버서 영."

쓴맛을 다시면서도 영 싫지는 않은 모양이셨다.

아마 서울 신도님들은 특별대접을 하느라고 쇼를 보여드린 듯싶다. 큰스님이 부끄러워하실 거라고 상상은 했지만 그렇게 황당해하실 줄은 몰랐을 게다. 큰스님은 여자들의 벗은 모양을 처음 본 터라 안절부절하며 나가려고 했던 모양이다. 못 나가시게 하니까 '아이고, 아이고'를 연발하며 얼굴을 가리느라 정신이 없었다고 한다. 같이 갔던 이들이 나중에 들려준 이야기였다. 안 봐도 상상이 되는 장면이다.

가슴을 드러내고 나온 장면은 얼마나 신기하게 여겼던지 여러 번 들먹거리셨다. 가리면서도 보긴 본 모양이었다. 희한하더라고 하시는 걸 보니. 파격적인 경험을 하신 뒤로는 큰스님의 생각도 좀 바뀐 듯했다. 누가 오면 이렇게 말했다

"거 말이여, 뭘 보던 간에 물들지 않을 수 있으마 겪어 보는 것도 괜찮을 성싶어. 처렴상정處染常淨*이 될 수 있다면야."

---

*처렴상정處染常淨 : 더러운 속에 있어도 항상 맑고 깨끗함. 연꽃이 진흙탕 속에 있어도 항상 맑고 깨끗함을 유지하는 것에 비유한 말.

쉼없이 공부를 밀고 나아가라

門 열고 닫는 법

하루는 무슨 일이 있는지 나를 불러 앉히더니 이런 말씀을 하셨다.

"법념아, 문 열고 닫는 거 지대로 하는 사람이 참 없니라."

"큰스님, 정말로 그런가요."

"니 오늘 내 방에 앉아 들어오고 가는 사람들 단디 치다보거레이."

"예, 그러겠습니다."

그날은 하루 종일 다른 일은 제쳐두고 문만 살피라 하셨다. 별 수 없이 큰스님 방에 앉아 드나드는 이들이 어떻게 문을 열고 닫는지를 꼼꼼하게 보았다. 아닌 게 아니라, 문을 여닫았을 때 문의 이가 딱 맞도록 닫는 이가 거의 없었다. 큰스님 방문은 문지방 가운데에 표시가 없다. 그래서 잘못 닫으면 왼쪽 귀퉁이가 열리거나 아니면 오른쪽 귀퉁이가 열리도록 돼 있다. 여닫을 때 주의하지 않으면 실수하기가 쉽다. 가장 쉬운 일이건만 그걸 제대로 잘하는 사람이 없다는 사실에 보는 나 자신도 너무 놀랐다.

"그래, 앉아서 지키보이 어떻노. 내 말이 맞제."

"큰스님 말씀대로 정말 그렇던데요."

문 하나도 잘 열고 닫을 줄 모르면 아무리 공부를 해봐야 소용이 없다. 일대사를 해결하는 참선공부는 일상생활 그대로가 공부다. 문 열고 닫는 것도 공부의 하나다. 문을 여닫는 것처럼 조금이라도 주의하지 않으면 틈이 생겨 여태까지 한 공부가 헛되게 새어버린다고 하셨다. 탑을 쌓을 때 조금이라도 빈틈이 생기면 탑이 오래 견디지 못하고 이내 무너지는 것과 같은 이치다. 공부도 탑을 쌓아올리듯 빈틈이 생기면 안 된다고 덧붙여 말씀하셨다.

오가는 스님들이 문 하나 가지고 얼마나 제대로 열고 닫지 못했으면 앉아서 지키라고 했을까. 나도 예외는 아니었을 것이다. 문뿐만 아니라 매사에 철저히 하라는 가르침을 주기 위해 살피라고 한 것 같았다. 처음에는 뭣 때문에 그렇게 하라고 했는지 모르니까 지루하다고 생각했다. 나중에 큰스님 말씀을 듣고 그런 깊은 뜻이 숨어 있는 줄 알고는 비좁은 속마음을 들킨 것 같아 부끄럽기 짝이 없었다.

가만히 되돌아보니 큰스님은 언제나 문을 반듯이 닫으셨다. 항상 조심스럽게 문을 여닫으니 소리도 나지 않았다. 뭐든 철저히 하는 성격이라 항상 뒤돌아보고 확인을 하셨다.

회광반조迴光返照라고 선禪에서 쓰는 말이 떠오른다. 공부뿐만 아니라 뭐든지 돌이켜 봐야 실수가 없는 법이다. 정진은 빈틈없이 나아가는 공부가 아닌가. 그걸 미처 깨닫지 못하고 엉뚱한 것을 공부라고 붙들고 있지는 않았는지 반성하는 계기가 되었다.

공부한다는 뜻을 가지고 있는 정진이라는 단어를 자세히 들여다보았다. 빈틈없이 쉼 없이 공부를 밀고 나아가라는 뜻이다. 정진이라는 말을 밥 먹듯 써왔는데 정말로 제대로 정진하기가 얼마나 어려운가를 여닫는 문이 가르쳐주었다.

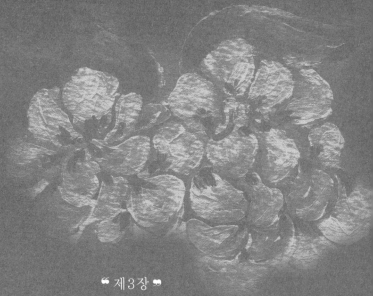

❝ 제3장 ❞

내 모른칙 하지

차비 160원

월내에서 해운대 가는 차비는 160원이다. 지금은 없어져버린 완행열차 비둘기호 요금이다. 큰스님은 가끔 부산 해운정사로 심부름을 보냈다. 차비 300원을 주시면서.

현재 대한불교 조계종 종정이신 진제 스님은, 당시 큰스님 회상에서 나가 해운대에 해운정사라는 절을 새로 만들었다. 경제사정이 안 좋은 때라 여러가지로 어려움이 많았다. 신경을 많이 쓴 탓인지 황달이 흑달로 변할 정도로 건강이 악화됐다. 젊은 시절에는 '임 장군'이라 불렸을 정도로 힘도 세고 건강했지만, 해운정사로 오자마자 불사를 비롯해 이런저런 일이 겹쳐 건강이 극도로 안 좋아진 것이다.

그걸 잘 아시는 큰스님은 돈이나 약이 생기면 갖다 주라고 나를 해운대로 보냈다. 속정은 깊지만 표현을 잘 못 하시는 큰스님이라 당신이 가지 않고 꼭 나보고 전해주라고 하셨다. 하나밖에 없는 법제자가 돈

때문에 시달릴 뿐만 아니라 건강까지도 나빠졌으니 말씀은 안하셔도 걱정이 이만저만이 아니었다.

한편으로 큰스님은 내심 서운한 마음도 있었다. 당신 밑에서 좀 더 보호임지保護任持(불교에서 깨달음을 얻은 후에 그 깨달음을 좀 더 심화시키기 위해 하는 수행. 흔히 줄여서 보림이라고도 한다)를 한 후에 따로 나가기를 원하셨기 때문이다. 어른으로서는 당연한 생각이었으리라.

전해주라는 물건을 드리고 나면, 나는 이내 월내로 가야 했다. 기차 시간이 자주 없어 놓치게 되면 두어 시간을 기다려야 했기 때문이다. 가겠다고 인사를 드리면 한마디 건넨다. '벌써 갈라꼬' 하고는 '차비 있나' 라며 재차 묻는다. 없다고 하면 500원짜리 지폐를 한 장 주었다. 그만큼 경제사정이 어려웠던 것이다.

진제 스님은 본래 성격이 무뚝뚝하기도 하지만 재미상이 없어 말수가 적었다. 들어가서 절을 올리면 '왔나', 간다고 하면 '가나' 이말 뿐이었다. 공부 이외에는 취미가 없어 다른 말은 들으려고 하지도 않고 말을 꺼내지도 않는다. 그러니 누가 가더라도 용건만 마치면 모든 대화가 끝난다. 그런 성격이었기에 오로지 정진에 매진할 수 있었으리라. 큰스님도 '재주 있는 이 치고 공부 제대로 하는 것 못 보았다. 진제는 공부밖에 모르는 무취미라 도를 이룰 수 있었다' 고 늘 그랬으니까.

월내로 돌아오면, 큰스님이 꼭 묻는 말이 있으시다.

"진제가 차비 주더나."

"예, 500원 주던데요."

"뭐어, 500원, 그거바께 안 주더나."

나는 속으로 큰스님은 300원밖에 안 주셔놓고 당신 제자가 500원 준 것은 어지간히 섭섭해하신다고 생각했다. 지금이라면 법제자를 사랑하는 큰스님의 속 깊은 마음을 어느 정도 헤아릴 수 있었을 터인데……. 그 땐 왜 철딱서니 없는 생각밖에 할 수 없었는지 모르겠다.

통일전 참배

경주에 통일전이 완공되자 누구보다도 제일 좋아하신 분은 큰스님이다. 역사적 사실을 직접 볼 수 있도록 해 놓았다고 매우 기뻐하셨다. 평소에 〈삼국유사〉를 곁에 두고 틈틈이 읽어 거의 꿰다시피 할 정도였으니까. 역사에 관심이 많아 다른 역사서도 많이 읽어 책에서 본 이야기를 자주 들려주기도 하셨다. 많은 역사적 인물들 중에 큰스님은 특히 신라의 김유신金庾信과 김춘추金春秋를 꼽았다. 통일신라의 주역인 이 두 분의 영정을 통일전에 모셔놓았으니 큰스님이 좋아하신 건 말할 필요도 없었다. 누가 오면 꼭 가보아야 한다고 권할 뿐만 아니라 큰스님도 경주 오시면 빠지지 않고 들르셨다.

큰스님은 당신이 좋아하는 곳이니까 법제자인 진제 스님에게도 꼭 보여주고 싶었던 모양이었다. 그 날도 여러 스님들이 큰스님을 모시고 통일전으로 향했다. 물론 진제 스님도 함께였다. 통일전 안의 벽화를 보시다가 큰스님이 진제 스님에게 설명을 해 주려고 사방을 둘러보고 찾았으나 보이지를 않았다. 같이 따라 오는 줄 알았더니, 대강 훑어보고 밑으로 내려가신 뒤였다.

그때 큰스님이 한마디 하셨다.

"아이고 세상에! 재미상이 없기는. 찬찬히 보고 역사적 사실을 설명해 놓은 거도 읽으믄서 가마 얼매나 좋겠노. 그새 내리가뿌렀어. 쯔쯔."

혀를 끌끌 차며 아주 못마땅한 어조로 말씀하셨다.

"가서 델꼬 오너라. 내가 오라칸다 그캐라"

"예"

대답하고 나서, 진제 스님을 찾으러 내려갔다. 통일전 밖을 나가 입구에 혼자 우두커니 서 계셨다.

"스님 벌써 나가 계시네요. 큰스님이 위에서 기다리십니다."

"아, 나는 다 보고 마쳤그마는. 나는 여서 기양 있을란다. 천천히 보고 오시라 캐라."

그렇게 말하니 더 권할 수도 없었다. 암말도 못 하고 큰스님께 그대로 전했다. 그 수밖에 달리 뭐라고 할 수도 없었다. 정말로 두 분은 취향이 달라도 너무 달랐다. 딱 하나만 빼고는. 그 하나는 두말할 것 없이 공부다. 그야말로 축착합착築着盒着이었다.

"다른 취미야 없어도 되능기라. 공부 잘하는 기 젤이지. 그라이께 공부 하나는 진제 따라갈 이가 없제. 그거 하나마 다 된 거 아니여."

서운한 행동도 긍정적으로 받아들여 법제자를 아끼고 두둔하는 말씀을 하셨다. 그리곤 아무 일도 없다는 듯이 큰스님은 통일전 벽화에 그려진 역사적 배경을 하나하나 설명해 가며 천천히 돌았다.

"김유신의 작은 여동생캉 김춘추가 결혼을 했거든. 언니가 꾼 꿈을 동생이 사서 치마폭으로 받았제. 그래가 나중에 여왕의 자리에 앉게 된 기라."

큰스님은 설명하느라 신이 나서 시간 가는 줄도 모르는 모양이었다. 두 시간이나 걸렸으니까. 그동안 진제 스님은 내내 밖에서 기다렸다.

"그래, 내 모른 척 하지"

요강뚜껑

이른 아침이었다. 요강을 비우러 나갔던 도관 스님이 헐레벌떡 쫓아와서 숨도 제대로 고르지 못한다. 무슨 큰일이 났나 싶어 물었더니 요강뚜껑을 깨 먹었다고 말했다. 큰스님이 계시는 조실 채에는 실내 화장실이 없었다. 밤이면 요강을 방에 들여놓았다. 큰스님 시자인 도관 스님이 매일 일찍 올라와 그걸 비웠다. 막내시봉인 도관스님은 큰스님을 매우 어려워해 평소에도 말을 제대로 하지 못했다. 그런 그가 요강뚜껑을 깨트려버렸으니 놀랠 수밖에. 큰스님이 알면 야단 맞을까 봐 벌벌 떨며 나한테 달려온 것이다. 마침 월내에서 가까운 좌천에 장이 열리는 날이었다. 일단 장에 가서 찾아보기로 하였다. 도관 스님은 똑같은 걸 사려고 깨진 뚜껑을 종이에 싸서 돌돌 말아 가져갔다.

점심공양이 끝나자 큰스님은 뒷산으로 산책하러 가셨다. 혼자서 뜰 청소를 한 뒤 풀을 뽑고 있노라니, 도관 스님이 헐떡거리며 올라오는 모습이 보였다. 나를 보더니 큰스님 계시냐는 신호를 보냈다. '안 계신다'는 말이 끝나기도 전에 급히 말했다.

"법념스님, 장에 가니까 마침 똑같은 게 있데요."

"잘 됐네. 없으면 어쩌나 하고 얼마나 마음 졸였다고요."

"요강뚜껑 깨트려서 십년감수 했네. 정말로 없으면 어쩔까 싶어 아찔했다니까요."

"표 안 나게 잘 덮어두세요."

그때 산책을 나가신 큰스님은 조실 채 뒷동산에서 앉아 쉬고 있는 중이었다. 그런 줄은 둘 다 꿈에도 생각지 못하고 큰 소리로 떠들었던 것이다. 큰스님은 둘이서 나누는 소리를 본의 아니게 위에서 다 들으시고도 모른 척하셨다. 나도 아무 일도 없었던 것처럼 시침 뚝 떼고 요강뚜껑 사건은 비밀에 부치고 말씀드리지 않았다.

저녁을 다 드신 큰스님이 운을 떼셨다.

"도관이가 요강뚜껑 깨묵았제?"

"예, 어떻게 아셨어요."

"음, 내가 저 우에서 낼다 보이까 도관이가 급하기 올라오미 예기하데."

"큰스님, 겁이 나서 말씀도 못 드리고 제 딴에는 같은 것 구해오느라고 애썼으니 암말도 하지 마세요. 꼭이요."

"으음 그래, 내 모른칙 하지."

그러시더니 빙그레 웃으셨다. 안 계신 줄 알고 나한테 빨리 보고하느라고 큰 소리로 말했으니 오죽 잘 들렸을까. 나중에 그 이야기를 도관스님에게 들려주었더니 '정말로요' 하며 눈이 화등잔만 해졌다. 알고도 모른 척하셨다니! 믿기지 않는지 의외라는 표정이었다.

금강당세계

큰스님들이 돌아가시면 뒤에 남은 사람들은 이렇게 발원한다. '어서 빨리 사바세계로 다시 오셔서 고해에 빠진 중생들을 널리 제도해 주십시오.' 라는 뜻의 발원문을 부처님께 올린다.

그렇게 발원하면 우리들을 구원하러 사바세계로 다시 오시기는 오시는 걸까? 늘 의문 덩어리를 품고 살았지만 여쭐 기회를 잡기가 어려웠다. 큰스님은 열반하면 어디로 가실까. 그것이 매우 궁금했다. 도대체 어디로 가셨다가 사바세계로 다시 오시는 걸가. 온 곳을 알면 갈 곳도 안다고 쉽게 말하지만, 온 곳도 갈 곳도 모르는 나로서는 도저히 알 수 없으니 답답하기 짝이 없었다.

하루는 조용한 기회를 틈타 여쭈었다.

"큰스님, 열반하시면 다시 사바세계로 오실 건가요?"

"아, 나는 사바세계에 다시는 안 올끼다."

"그럼 어디로 가십니까?"

"와 궁금하나. 나는 금강당세계로 갈끼다."

"그러면 뒤에 남아 있는 우리는 누구를 의지하고 믿어야 됩니까?"

"법이 있는 사람을 의지하면 되지. 법제자 진제가 있다 아이가."

"그런데 왜 세상 사람들은 큰스님들이 열반하시면, 사바세계로 빨리 오셔서 중생을 구원해 주시라고 발원합니까?"

"인연에 따라 태어나는 기지. 바란다고 그리되나."

"큰스님이 가시는 금강당 세계는 어떤 세계인가요?"

"불불(佛佛)이 모여 사는 곳이지. 나는 부처들이 사는 화장세계에서 놀고 부처들과 어울리면서 살아갈끼라. 인자 사바세계 인연은 끝이라 안 올끼라."

큰스님은 어떤 물음을 물어도 핀잔을 주거나 타박을 준 일이 없으시다. 아무리 하잘것없는 질문이라도 다 대답을 해주시니까 조금이라도 의심 가는 부분이 있으면 언제나 스스럼없이 물었다.

큰스님은 열반하시고 나서 금강당 세계로 가신 뒤 정말로 연락이 없으시다. 스마트 폰 하나만 있으면 전 세계 통신망에 잡히지 않는 곳이 없건만, 큰스님이 계시는 금강당 세계는 와이파이가 설치되지 않았는지 잡히지를 않는다. 갑갑하기만 하다. 현대문명이 제아무리 발달해도 부처님 세계에는 못 미치는가보다. 아무나 갈 수 없는 부처의 세계인지라 더 더욱 궁금증만 늘어간다.

금강당 세계에 계시는 큰스님!

부처님 세계에서 노시지만 말고 잠깐만 짬을 내어 사바세계에도 더러 놀러 오시옵소서. 허허허, 온몸을 흔들며 크게 웃으시는 그 모습을 다시 한 번 뵙고 싶습니다.

화장세계

2017. ㅁㅇ.

"와 밥을 안주노?"

독서삼매

지금이야 어떤 책이든 구하기가 쉽다. 큰스님이 계실 그 당시에는 중국에서 들어오는 책을 손에 넣기가 매우 어려웠다. 게다가 아직 중국과 국교를 맺지 않았던 시절이어서 비싸기까지 했다. 어떻게 구하셨는지 〈지월록指月錄〉이란 어록을 사오셨다. 꽤 많은 돈을 들여 사셨으리라. 큰스님은 평소에도 책을 잘 보셨지만 지월록이 온 뒤로는 독서삼매에 빠지셨다.

지월록은 명나라 때, 나라연굴那羅延窟의 구여직반담瞿汝稷盤談이 1602년에 저술한 책이다. 이 책은 선종의 전등傳燈을 중심으로 쓴 불교 통사로 과거칠불에서 송나라 대혜종고에 이르는 선승에 대해 기술한 책이다. 내용은 650여 명에 이르는 선사들의 행적, 사제 간의 인연, 깨달음에 대한 문답 등이 기술되어 있다.

큰스님은 책을 읽기 시작하면 옆에서 무슨 이야기를 해도 귀에 들어오지 않는 모양이었다. 일단 독서삼매에 드시면 "공양을 드시라"고 몇 번이나 말씀드려도 대답은 "응" 하시면서도 마음은 온통 책에 가 있는 것 같았다. 이제나저제나 드시려는지 잘 몰라 찌개나 국을 끓여놓았을 경우는 불 위에 올렸다 내렸다 하기를 반복했다. 그러다 보면 맛이 없어져 다시 만드는 일도 가끔 생겼다. 밥인 경우는 그래도 좀 나은데 국수나 죽, 떡국 등일 때는 식어버린 데다가 퉁퉁 불어버려 드릴 수가 없기 때문이었다. 꼼짝 않고 책만 보시다가 좀 허기가 든다 싶으면 "와 밥을 안 주노"라며 도리어 물으신다. 이런 일이 여러 번 반복되다 보니, 암말 않고 상을 봐 드린다. 나중에 정말 모르셨는지 물어보면 "언제 내 보고 밥 먹으라 캣나"라고 반문하신다. 책 보실 땐 정말로 귀머거리가 되시는가 보다. 봉암사에서 삼칠일 삼매에 든 뒤 크게 도를 깨달은 것도 이런 고도의 집중력이 바탕이 되지 않았을까.

책을 보다가 가끔 나를 부를 때가 있으시다. 읽다가 좋은 게송이나 글귀가 나오면 글을 짚어가며 일일이 설명을 해주었다. 그땐 출가한 지 얼마 되지 않아 한문으로 가득 찬 책은 보기만 해도 어렵다는 생각이 들어 지레 겁을 먹었을 뿐만 아니라 도통 무슨 말인지 잘 이해하지도 못했다. 그러나 큰스님은 아랑곳하지 않고 납득이 갈 때까지 몇 번이나 되풀이하며 설명해주셨다. 책을 보다가 얼마나 환희심이 났으면 아무 것도 모르는 나를 앉혀놓고 구구절절 이야기를 해주셨을까. 그때 좀 더 잘 들어 두었더라면 좋았을 걸. 가시고 난 뒤에야 큰스님의 가르침이 더 절실하게 느껴진다. 생각만 해도 머리가 저절로 숙여진다.

"나보다 헐벗은 사람에게 벗어주었네"

선문염송과 장설봉선사

큰스님은 〈선문염송〉을 늘 곁에 두고 읽었다. 하루는 염송을 보시다가 설봉선사에 대한 이야기를 하셨다.

"니는 설봉스님이라고 아나?"

"뵙지는 못했지만 책은 가지고 있습니다."

"무신 책인데?"

"설봉대전雪峰大全이라는 책입니다."

"그래, 설봉스님은 참 유식하셨니라. 선문염송에 현토를 달아놔서 얼마나 읽기 좋은동 몰라. 그라고 이 책 말고도 선문촬요禪門撮要와 선관책진禪關策進에도 현토를 달았니라. 선교 양쪽으로 다 능한 분이라."

출가하기 전 어느 스님으로부터 참선에 관한 책이라고 처음으로 받은 것이 〈설봉대전〉이다.

불교청년회에서 참선을 배운 나는, 선에 대해 더 알고 싶다고 말했더

니 읽어보라고 준 것이다. 한문이 너무 많아 이해하기 어려웠지만 끙끙
대며 읽었다.

이런 말이 오간 뒤, 큰스님은 설봉선사에 대한 일화를 들려주었다.
어느 해 추운 겨울이었다. 부산역에서 월내 가는 기차를 타려고 들어섰
더니 사람들이 웅성대고 있었다. 무슨 일인가 싶어 들여다보니 설봉선
사가 한 귀퉁이에 돌아앉아 벌벌 떨고 계셨다.

"노장님, 옷은 누구 주고 이 칩은데 이라고 있소."

"나보다 더 헐벗은 사람이 있어 벗어주었네."

큰스님은 입고 있던 두루마기를 당장 벗어드리고 수중에 있는 돈도
탈탈 털어 선암사로 가시라고 드렸다. 당시 설봉선사는 선암사에 주석
하고 계셨다. 설봉선사는 불쌍한 사람만 보면 앞뒤 생각할 겨를도 없이
다 퍼주는 그런 성품이셨다. 그런 일이 자주 있는 걸 잘 아는 큰스님이
라 선뜻 그렇게 해드린 것이다. 선사의 이러한 선행에 대한 이야기는
교과서에 실린 적이 있을 정도로 유명하다.

큰스님은 설봉선사를 평시에 존경하였다. 열반한 뒤에도 전법제자인
금산지원金山智源스님이 있는 만덕고개의 대덕사를 자주 가셨다. 그날도
큰스님을 모시고 갔더니 지원스님은 포대화상처럼 넉넉한 모습으로 여
느 때처럼 큰스님을 반갑게 맞이했다. 대덕사에 가시면 나는 방에 들어
오지 못하게 하셨다. 두 분이서 무슨 이야기를 나누었는지는 모른다.
아마 짐작컨대 공부에 대한 법담이 오갔을 거라고 상상만 할 뿐이다. 몇
번이나 큰스님을 모시고 갔으나, 두 분이서 이야기를 나누는 그 방에

들어간 적이 없었으니까. 법담을 나누실 때는 누구라도 절대로 듣지 못하게 하였다. 법이 새나가지 않도록 하기 위해서다.

대덕사를 나오면서 지원 스님이 불국사 주지를 한번 해 보고 싶다고 했는데 왜 하고 싶어 하는지 모르겠다며 고개를 갸우뚱하셨다. 큰스님으로선 의외의 말이었던 모양이었다. 나중에 큰스님은 오해를 풀었다. 알고 보니 지원 스님이 무슨 욕심이 있어 그런 게 아니고 옛 신라시대처럼 경주를 불국토로 만들고 싶어 주지를 살려고 했다고 내게 들려주었다. 희망사항이었던 것이다.

지금 대덕사는 지원 스님의 제자인 춘식春植스님이 살면서 참선을 지도하고 있다. 춘식 스님은 큰스님 기일에 한 번도 빠지지 않고 월내 묘관음사에 온다. 큰스님 살아생전에도 월내 길상선원에서 몇 철을 살며 정진에 힘썼던 스님이다.

울산 목도 춘해사

큰스님 질녀가 출가하겠다고 월내를 찾아왔다. 언니가 되는 점순 씨는 큰스님 시봉을 하며 월내에서 1년여를 살다가 시집을 가버렸다. 절로 출가하려는가 하고 기대를 가졌지만, 업연에 끌려 속가로 나갔다. 그런 뒤여서 질녀의 출가를 더 반가워하신 것 같다.

질녀는 '후불後不'이라는 독특한 이름을 가지고 있었다. 딸 많은 집이라 더 이상 딸을 낳지 않게 해달라는 염원이 담긴 이름이라고 한다. 후불이를 구경시켜준다고 데리고 간 곳이 울산 목도였다. 그 날은 큰스님과 함께 기차, 버스, 배의 순서로 갈아타며 목도에 도착했다. 모래사장에서 300m 떨어진 곳이라 이내 섬에 닿았다.

목도는 눈처럼 생겼다 해서 '눈섬'이라고도 부른다. 춘백, 동백, 후박, 사철, 다정큼, 송악 등 상록수종이 많아 1962년 천연기념물 65호로 지정된 섬이다. 동물과 꽃, 나무 등 자연을 사랑하시는 큰스님이 특별히 우리들에게 보여주고 싶어 택한 곳이다. 목도의 상록수림은 예부터 유명해 관광객이 들끓었다. 큰스님과 간 날도 사람이 엄청 많았다. 섬에 있는 유일한 건물인 춘해사라는 절에는 나이 든 대처승이 살고 있었다. 노스님과 큰스님은 잘 아는 사이인지 반갑게 인사를 나누었다. 섬을 한 바퀴 돌고 나서 가려고 하니까 점심을 먹고 가라고 노스님이 붙잡았다. 큰스님은 끝까지 사양을 하고 섬을 떠났다.

막상 모래사장에 내리고 보니 밥을 사 먹을 만한 곳이 보이지 않았다. 겨우 찾은 곳이 찐빵집이었다. 가는 날이 장날이라 공교롭게도 찐빵을 찌지 않아 그나마도 사먹지 못했다. 배는 고파오고 여기저기 헤매다 보니 '오뎅'이라고 붉게 쓴 글씨가 뿌연 유리창에 희미하게 보이는 집이 보였다. 들어가 보니 판자로 만든 탁자가 두 개 놓인 허름한 가게였다. 큰 냄비에 어묵 국물이 설설 끓고 있었다. 조금 망설이다가 에라 모르겠다는 심정으로 골라보았다. 마침 떡가래도 있고 푹 무른 무가 있어 어묵국물과 함께 큰스님께 갖다 드렸다. 국물을 한 모금 마신 큰스님께서 맛이 이상했던지 물었다.

"이거 무신 국물이고? 참 시원타. 느그가 묵는 건 뭐꼬?"

같이 따라갔던 월해 스님이 얼른 말을 받았다.

"큰스님, 이거요. 밀가루로 만든 거라 우리가 먹어도 됩니다."

"그래, 그라마 나도 좀 도고."

하는 수없이 어묵을 몇 개 건져다 드렸다. 큰스님은 정말로 밀가루로 만든 먹을거리로 알고 맛있게 드셨다. 물론 따라갔던 우리 셋도 잘 먹었다. 후불이는 우리가 하는 짓이 우스웠던지 계속 쿡쿡대며 웃었다. 들킬까 봐 마음 졸이는 줄도 모르고 말이다. 후불이는 며칠간 월내 있더니 힘들다고 떠났다. 큰스님의 낙심은 이만저만이 아니었다. 나중에 큰스님이 열반한 뒤에 다시 와서 정혜라는 비구니가 되어 제방에서 입승도 사는 착실한 스님으로 정진에 매진했다. 잘 살더니 몇 해 전 암이라는 병에 걸려 이기지 못하고 세상을 떠났다.

우리 은사 스님이신 혜해 스님은 정혜 스님만 보면 이렇게 말했다.

"야야, 정혜야, 큰스님 계실 때 출가했더라면 참말로 좋아하셨을 텐데…."

그렇게 말하며 아쉬움을 표했다. 그럴 때마다 정혜스님은 얼굴이 빨개지곤 했다. 큰스님이 열반하신 뒤, 목도의 기억을 되살리러 가고 싶었다. 가보려고 하니 1992년부터 20년간 일반인 출입금지가 돼 있었다. 상록수림을 보호하기 위해 문화재청이 정한 것이다. 예전의 모습을 되찾으려고 2021년까지 더 연장됐다고 하니 다시 가기는 어려울 것 같다.

선암사 시절

봉암사 결사에서 크게 깨달은 뒤 큰스님은 걸리는 것이 아무것도 없었다. 큰스님이 처음으로 조실로 가신 곳은 부산 선암사이다. 한국전쟁 직후여서 민심이 어지럽고 가난했던 시절이다. 1951년 큰스님이 40세 들던 해, 선암사 대중들에 의해 조실로 추대됐다.

부산에 있는 선암사는 근세의 선승이며 천진도인으로 알려진 혜월선사慧月禪師가 주석했던 사찰이다. 혜월선사는 운봉선사雲峰禪師에게 법을 전했고 운봉선사는 향곡선사에게 법을 전했으니, 혜월선사는 법으로 큰스님의 할아버지뻘이 되신다. 그런 인연이 있는 절에서 조실로 모시려고 하니까 쾌히 수락하신 것이다.

큰스님이 선암사에 계실 당시에는 장설봉 스님을 비롯해 자운 스님, 석암 스님, 월산 스님 등 당대의 큰스님들이 선암사에 주석하며 정진하고 계셨다. 선암사 시절에는 똑똑하고 훤칠한 이들이 큰스님 앞으로 출가해 살림살이가 잘 돌아갔다. 그러나 아쉽게도 그때 출가한 상좌들은 나중에 다 환속해버려 끝까지 중노릇하는 이가 하나도 없다. 동국대 총장과 총무원장을 지낸 지관 스님은 그 당시 선암사로 출가한 사람 중의 하나로 자운큰스님의 상좌가 됐다.

우리 은사 스님은 당시를 회고하는 말을 할 때마다 아쉬워했다.

"그때 출가한 스님들이 다 중노릇했더라면 큰스님의 말년이 좀 더 편했을 터인데…."

30대에 벌써 깨달음을 얻으신 큰스님은 젊은 나이지만 이름이 널리 알려졌다. 선암사 조실로 가시자마자 부산 신도들의 신망을 한 몸에 받았다. 전쟁 직후라 어려운 시절인데도 사중살림은 넉넉했다. 이전부터 부산 신도들의 불심은 대단했다. 전국의 절을 먹여 살린다는 말이 돌 정도였으니까.

선암사 선방에는 큰스님 회상에 살려고 제방에서 몰려온 납자들로 붐볐다. 그러다 보니 큰스님께서는 납자들을 접하느라 늘 바쁘셨다. 당시의 선방은 오로지 정진하는 분위기로 꽉 잡혀 있었다. 대중 스님들이 주고받는 말도 법에 대한 이야기뿐이고, 지대방에서도 공부이야기 외에는 하지 않을 정도로 수행열기로 가득 찬 도량이었다. 선암사야말로 큰스님께서 참선하는 정진도량으로 선풍을 크게 드높인 곳이라 말할 수 있으리라. 큰스님은 '선방 분위기가 이전 같지 않다'고 하시며 '선방에서 공부 안 하고 어영부영 보내는 것이 마을에 나가 사는 것보다 낫긴 하지만'이라며 말끝을 흐리셨다. 얼마나 답답하면 그런 소리를 했을까. 갈수록 근기가 점점 낮아져 정진을 그전만큼 애쓰지 않는 걸 늘 안타까워하셨다.

말년에는 월내 묘관음사에서 사부대중과 더불어 지내셨다. 선방이 작아 사부대중이 빼곡히 앉아 중좌를 치고 앉는 열악한 조건이었지만 정진하는 열기만큼은 뜨겁지 않았나 싶다. 그저 자나 깨나 앉으나 서나 큰스님 소원은 '눈 밝은 이가 나와 주었으면'이었다. 진제법원眞際法源이라는 법제자가 큰스님 뒤를 잇게 되어 바램은 이뤄졌으나, 더이상 법을 전해 줄 제자가 나오지 않아 매우 아쉬워하셨다.

"최백호, 최 영감 손자 아이가?"

큰스님이 좋아한 가수들

김추자라는 가수를 큰스님은 좋아하셨다. 왜 좋아하느냐고 물으면 이렇게 대답하셨다.

"온 힘을 다 해가 열심히 부르이 보기가 좋드라."

마침 해운대 극동호텔에서 '김추자 디너쇼'가 있다는 소리를 들었다. 가보시지 않겠느냐고 슬쩍 여쭤보니 펄쩍 뛰며 손사래를 쳤다. 춤을 추며 열정적으로 흔들며 부르는 김추자의 모습이 그저 보기 좋으셨나 보다. 딱히 김추자의 무슨 노래를 좋아하는 것도 아니고 작은 몸에서 크게 울려 나오는 목소리가 신기하신 듯 '거 참, 어데서 저런 소리가 나오꼬'라는 말을 연발하며 텔레비전을 보셨다.

참선공부는 노래하는 것처럼 혼신의 힘을 다해야 할 뿐만 아니라 죽을 각오로 뛰어들어야만 일대사 공부를 마칠 수 있다고 하셨다. 그냥 이루어지는 건 없다고 딱 잘라 말했다. 하는 만큼 성취되는 것이라 속

임수를 써서 공부를 이루었다는 '가짜도인'은 언젠가는 탄로가 나는 법이다. 주로 스승 없이 수행하는 이들이 도인이라고 자처하는 경우가 많은데, 공부하는 도중에 조금이라도 의심이 나는 구석이 있으면 즉시 스승에게 점검을 받아야 딴 길로 빠지지 않는다는 말씀을 강조하셨다.

텔레비전의 '쇼쇼쇼'라는 시간에 김추자가 나오면 큰스님은 '거 노래 잘 부른다' 하시며 시선이 화면에 고정되곤 하셨다. 그런 모습을 옆에서 보면, 노래를 듣는 것이 아니고 가슴속에서 우러나오는 힘을 보는 것처럼 느껴졌다.

민요풍의 노래를 부르는 김세레나라는 가수도 좋아하셨다. 김세레나의 노래 중에서도 새타령이나 꽃타령 같은 흥겨운 노래를 좋아하셨으나, 노랫말을 몰라 따라 부르시는 일은 없었다. '거 참 듣기 좋네.' 한마디뿐이었다. 그냥 듣기만 하셔도 즐거우신 것 같았다.

한복을 곱게 차려입고 머리에 꽃을 꽂은 김세레나가 노래 부르러 나오면, '거 한복 여쁘네'라며 기분이 좋으셔서 턱을 쓰다듬으며 벙실거리셨다. 옆에서 같이 볼 때도 있지만 어떨 적엔 '니는 니 방에 가서 공부나 해라' 하시며 밀쳐냈다. 머쓱해서 시자 방으로 돌아와 정진하려고 앉아 보지만 귀는 큰스님 방 쪽으로 기울어져 공부가 되지 않았다. '저잣거리에 앉아서도 공부할 정도가 돼야 한다'고 큰스님이 말씀하셨지만, 언제 그렇게 되려는지 내 자신이 생각해도 한심하다는 생각이 들었다.

또 빼놓을 수 없는 사람이 있다. 가수 최백호다. 화면에 최백호가 나오면 꼭 이런 말씀을 하셨다.

"최 영감 손자 아이가. 자는 즈그 아부지가 국회의원을 지냈지."

"큰스님, 어떻게 그리 잘 아세요?"

"으음, 자가 장안면 사람이거등. 즈그 할배를 내가 잘 알지. 자들 집안도 좋았고 이전에는 부자로 살았제."

그러면서 친분이 있다는 것을 은근히 내비치셨다. 장안면은 월내에서 가까운 옆 동네라 집안 내용을 잘 아시는 듯했다. 옛 노래는 아니지만, 최백호의 노래는 가슴을 울린다고 하며 사람을 감동시키는 목소리를 지녔다고 칭찬을 아끼지 않았다.

우리는 노래를 듣지만, 큰스님은 노래 뒤에 숨은 이야기를 들으시는 것 같다. 그러기에 노랫말을 아는 게 하나도 없다. 뭘 들으셨는지 안 가르쳐주시니 알 리가 없다. 지레 짐작컨대, 우리와는 다른 세계에서 듣는 것만은 틀림이 없다.

큰 스님의 출가인연된 고서

치문(緇門)에 얽힌 이야기

시간이 나면 큰스님은 어릴 적 이야기를 가끔씩 들려주었다. 철이 들 무렵부터 마을 서당의 훈장님에게 〈동몽선습(童蒙先習)〉과 〈천자문(千字文)〉을 배우러 다녔다. 동네의 또래 친구들과 함께 글을 익혔다.

어느 날 서당에서 동문수학(同門修學)하는 친구 집에 놀러갔다. 그때 친구 어머니가 다락으로 올라가더니 책을 북 찢어 갖고 내려오는 걸 보았다. 불을 피우는 불쏘시게를 하려는 것이다. 다락에 뭐가 있는지 궁금한 어린 진탁(큰스님의 이름)이 위로 올라가 보니, 옛날 고서들이 잔뜩 쌓여 있었다. 천자문 밖에 못 배운 진탁은 무슨 책인지 잘 모르지만 이것저것 뒤져보았다. 지금껏 보던 책과는 조금 다른 책을 발견하자 가지고 내려왔다.

"이 책 지가 가지도 되겠능교."

"다락에 있는 거가. 니 가지고 싶나, 가지가라 마."

친구 어머니는 흔쾌히 허락을 하셨다. 무슨 보물단지라도 얻은 듯이 가슴에 품고 집에 돌아왔다.

이튿날, 마을 훈장님께 무슨 책인지 알아보려고 가지고 갔다. 한참을 이리 뒤적거리고 저리 뒤적거리더니 모르겠다고 하며 도로 돌려주었다. 훈장님도 모르는 책이라면 굉장한 책 일 거라고 여겨, 집에 돌아와 곱게 싸서 아무도 모르게 감추어 두었다.

어느 해 봄, 모친께서 옷을 한 벌 지어 양산 내원사로 심부름을 시켰다. 출가해서 스님이 된 중형仲兄에게 갖다 주라는 거였다. 그때 나이가 16살이었다. 고향집을 나설 때 감추어 둔 책도 가지고 나왔다. 어린 소견이지만 절에 가면 책 속의 뜻을 아는 분이 계실 거라는 생각이 들어서였다. 그런 확신을 가지고 책을 품에 넣고 길을 떠났다.

당시는 교통편이 없었다. 뿐만 아니라 길도 제대로 나 있지 않아 걸어오는데 고생이 많았다. 고향인 영일 신광에서 양산 내원사까지 산을 넘고 강을 건너 물어물어 걸어 왔다. 도중에 밤이 늦어 하룻밤을 자게 되었다. 덕석을 깐 방에 여럿이 자는 곳으로 아침에 국밥을 주는 주막이었다. 엽전 닷 푼인가 얼마를 냈는데, 요즘으로 치면 2000원 정도라고 한다. 이불도 안 주는 토방에서 밤새 오그리고 자다 너무 추워서 일찍 일어났다.

아침에 국밥 한 그릇을 비우고 내원사를 향했다. 내원사 입구의 중방리로 들어섰다. 바위 사이로 맑은 물이 흐르는 길을 따라 계속 걸었다. 올라갈수록 골도 깊어지고 산도 우거졌다. 봄날이라 연초록 새싹이 돋아 난 나무들과 푸른 소나무, 그리고 분홍 진달래가 지천으로 피어 있어 소년 진탁의 마음은 선경으로 들어가는 기분이었다. 그때에 느꼈던 환희로운 마음은 어디에도 비할 수 없었다. 그야말로 말로만 듣던 극락이 이런 곳이구나 싶었다. 형님을 얼른 만나 뵙고 나도 여기서 살아야겠다는 생각으로 가슴이 설렜다. 온몸이 기쁨으로 가득 차니, 나무·꽃·물·풀·다람쥐·바위 등 보이는 사물마다 나를 반기는 것처럼 보였다. 세상에 이렇게 좋은 곳이 있다니, 눈을 의심하지 않을 수 없었다.

내원사에 들어섰다. 큰방에 스님들이 죽 둘러앉아 좌선을 하고 있었다. 모두 도인처럼 보였다. 닥종이 장판을 깐 선방은 길이 나서 황금빛이 나고 문은 하얀 닥종이를 발라 깨끗해 그야말로 신선들이 사는 곳 같았다. 고향 마을에서는 한 번도 보지 못한 진풍경이라 새로운 세계가 눈 앞에 펼쳐진 것 같아 넋을 잃었다.

한참이나 넋을 놓고 보다가, 큰방에서 스님들이 나오는 걸 보고 한달음에 달려갔다. 어느 노스님을 붙들고 다짜고짜 책을 내밀며 물었다. 형님을 만나보는 것보다 책의 내용이 더 궁금했던 것이다.

"시님요, 이거 무슨 책인교?"

노스님은 책을 찬찬히 보더니 책 이름은 〈치문緇門〉이라고 일러주었다. 책을 펼쳐보더니 선 자리에서 책을 줄줄 읽으며 뜻을 설명해주었다. 소년 진탁은 너무 놀라 입이 떡 벌어져 다물어지지 않았다. 우리 동네 훈장님도 모르는 책을 단박에 알아보다니, 노스님은 도인임에 틀림없다고 생각해 땅바닥에 넙죽 엎드려 큰절을 올렸다.

〈치문〉이라는 책은 스님들이 승가대학에서 제일 먼저 배우는 책이다. 특히 어려운 한문으로 되어 있어 배우는데 어려움을 겪는다. 그러니까 동네 훈장님도 불교에 관한 책이어서 그 뜻을 잘 몰랐을 터이다.

전생에 숙연宿緣이 없었다면 어찌 〈치문〉을 손에 넣었겠는가. 큰스님의 출가인연은 〈치문〉으로부터 시작되었다고 말해도 과언은 아닐 것이다.

큰스님에게 〈치문〉이야기를 들을 때마다 '초발심시변정각初發心是便正覺'이라는 〈화엄일승법계도-화엄경〉을 요약한 법성게의 한 구절이 떠오른다. 말은 쉽지만, 행동으로 옮겨 실천하는 일은 정말로 어렵다. 초발심시변정각이란 처음 마음을 발할 때가 문득 정각을 이룬다는 뜻으로, 첫 마음을 내는 그 순간이 가장 중요하다는 의미를 담고있다. 큰스님이야말로 '초발심시변정각'을 그대로 실천하신 분이다.

시님요,
이거 무슨 책인교?

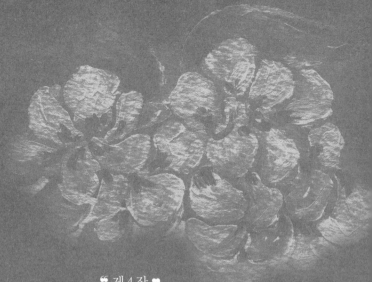

❝ 제4장 ❞

신라의 멋

참선은 멋을 찾는기라

유엽 큰스님과 멋

이전에는 경주에서 해마다 신라문화제를 열었다. 지금은 각 지방 마다 축제를 열 정도로 볼거리가 흔한 세상이다. 하지만 40여 년 전만 해도 신라문화제가 유일한 구경거리여서 전국에서 사람들이 몰려왔다. 신라문화제 행사의 하나로 제일 인기가 있는 것은 문화강연이었다. '신라의 멋'이라는 제목으로 유엽 큰스님이 하시기로 되어 있었다.

유엽柳葉은 필명이고 법명은 화봉華峰이시다. 시인이며 소설가로 신문학 초창기에 〈금성金星〉 동인으로 양주동, 손진태, 백기만 등과 활약했던 분이다. 나중에는 언론인으로도 유명했던 분이셨다. 출가하신 뒤로는 특히 '멋'이라는 주제에 관해 독특한 견해를 가지고 계셨다. 근세의 도인인 효봉 큰스님과는 사형사제지간이셨다.

큰스님이 흥륜사에 계신 것을 알고 유엽 큰스님은 불국사 조실이자 주지이셨던 월산 큰스님과 함께 흥륜사에 오셨다. 세 분이서 담소를 나누시다가 큰스님은 월산 큰스님과 함께 유엽스님이 강연하는 곳까지 갔다가 저녁까지 드시고 늦게 돌아오셨다. "유엽스님은 달변가라 그른 지 멋을 재미나게 말하더라카이. 그리 말하는 거는 참말로 쉽기 아인 데 말이라. 안다 캐도 말로 풀어내기는 여간 어려운기 아이거등." 달변 을 부러워하며 칭찬을 아끼지 않으셨다. 무슨 말씀을 들으셨기에 그렇 게 감탄을 하는지 궁금해서 여쭈었다. "큰스님, 멋에 대해 뭐라고 하시 던가요?" "아아, 멋의 어원이 '무엇'이라 카데. 화두 하는 거는 알 수 없는 그 '무엇'을 찾아가는 거이께, 참선은 멋을 찾는 거나 마찬가지라 카더라. 듣고 보이 고개가 끄덕거리지더라 카이. 말도 듣기 좋게 잘 하 는기라." 말은 누구라도 알아듣기 쉽고 납득이 가도록 하는 것이 필요 한데, 그런 면에서 유엽스님은 타고난 재주가 있는 것 같다고 덧붙여 말씀하셨다.

실은 나 자신도 출가하기 전, 유엽 큰스님의 법문을 들은 적이 있다. '멋으로 가는 길'이란 제목이었다. 법문을 들은 것을 계기로 '멋을 찾 아나서는 나그네'가 되려고 입산을 했다고 큰스님에게 말씀드렸더니 '아아, 그래 아아, 그래'라는 말을 반복하셨다. 강연이 끝난 뒤, 월산 큰스님과 유엽 큰스님, 그리고 향곡 큰스님 세 분이서 저녁공양을 들며 많은 이야기를 나누었다고 하셨다. 이야기를 하다 보니 유엽 스님은 말 만 잘하는 게 아니라, 늦게 출가했지만 참선에도 일가견이 있는 걸 보 아 보통 애써서 정진한 게 아닌 것 같다고 했다. '말이 서로 통하니, 공 부 이야기로 즐거운 한 때를 보냈다'고 내내 즐거운 표정을 지으셨다.

하이면과 하이자장

큰스님은 면 종류는 다 좋아하셨다. 그걸 잘 아는 어느 신도가 '하이면'이라고 포장된 우동을 많이 사가지고 왔다. 인스턴트 음식이기는 해도 방부제, 색소, 첨가제가 들어 있지 않아 우선 안심이 되는 식품이었다. 분식점에서 파는 우동과 달리 면발이 쫄깃해 큰스님의 기호식품이 되어 버렸다. 냉장고에 넣어 두고 큰스님이 드시고 싶을 때마다 끓여 드렸다.

시자를 살던 도관 스님이 법주사 강원으로 공부하러 떠났다가 겨울 방학이 되어 월내로 돌아와 조실채로 인사드리러 왔다. 공교롭게도 큰스님이 출타하시고 계시지 않았다. 밤늦게 도착해서 배가 고프다고 하기에 밥이 없어 '하이면'을 삶아 주었다. 몇 개 남지 않은 걸 먹어버렸으니 사다가 채워두어야 했다. 그런 사정을 도관 스님에게 이야기를 했더니 내일 부산 가서 사다 주겠다고 약속을 하였다.

다음날, 도관 스님이 약속대로 '하이면'을 사 왔다. 맞겠거니 싶어 자세히 보지도 않고 냉장고에 집어넣었다. 저녁에 돌아오신 큰스님께서 '하이면'을 삶아 달라고 해서 냉장고를 열어보니 '하이면'이 아니라 '하이자장'이 들어 있었다. 어떻게 하나 생각할 겨를도 없이 큰스님이 오시더니 냉장고를 들여다보셨다. 옆에서 얼음이 되어 서 있는 나를 못 보신 것은 다행이었다. "아니, 그 보살이 하이면을 또 사 왔나. 어라, 이거는 하이자장 아이가. 내가 우동 좋아하는 줄 아는데 짜장은 왜 사 왔노. 이상하네. 짜장은 나는 안 묵는다. 느그나 무라." 큰스님은 먼저 사왔던 보살님이 또 사온 걸로 아시고는 그냥 방에 들어가셨다. 뭐라고 다시 말씀드릴 수도 없어 나는 암말도 하지 않았다.

도관 스님이 다음날 조실채로 올라왔다. 본인은 두 가지 종류가 있는 줄 모르고 '하이면'이라기에 주는 대로 갖고 온 것이라고 했다. 확인만 했더라면 아무런 문제가 없었을 터인데…. 들키지는 않았지만 마음 졸인 걸 생각하니 도관 스님이 조금은 원망스러웠다.

하이면 사건은 일단락되었지만, 도관 스님이나 나나 찜찜한 채로 넘어갔다. 얼마간의 시간이 흐른 뒤에 큰스님께 사건의 전말을 말씀드렸다. '아이고, 아이고'라며 무릎을 치며 한참 동안 박장대소를 하셨다.

어린 비구 스님에게 장군죽비 맞더니 분심 일어나 작설차만 연거푸 마시더라

납월팔일

해마다 선방에서는 음력 12월 초하루부터 팔일까지 만 7일간 용맹정진勇猛精進에 들어간다. 일주일간 절대로 눕지 않고 정진에 매진하는 기간이다. 절에서는 음력 12월 8일을 납월 팔일이라고 부른다. 이날은 부처님께서 새벽별을 보고 도를 깨달은 성도일이다. 또한 불교의 사대명절로 꼽히는 날이기도 하다.

용맹정진을 며칠 앞두고 비구니 원로이신 성우 스님이 큰스님을 뵈러 오셨다. 회갑년이라 시봉들이 떠들썩하게 잔치를 벌일까 봐 결제 중인데도 석남사에서 월내로 피해온 것이다. 마침 용맹정진에 들어갈 때여서 선방에 들어가 같이 정진을 하고 싶다는 청을 넣어 대중의 허락을 받아 내었다.

용맹정진에 들어갔다. 월내 길상선원은 선방이 좁아 이중으로 중좌를 치고 앉아 사부대중이 정진을 하는 실정이었다. 성우스님은 비구니라고 탁자 밑에 앉은 어린 비구 옆에 앉게 되었다. 어린 비구는 다름 아닌 도업 스님으로 당시 나이는 19살이지만 아주 어른스러웠다. 나도 용맹정진에 들어가고 싶었지만 조실채를 지켜야 했기에 선방에 들어갈 수 없었다.

성우 스님은 졸다가 도업 스님에게 장군죽비로 몇 대를 맞았다. 어린 비구에게 맞고 또 맞으니 분심이 일어났던 모양이었다. 포행을 도는 시간에 내가 있는 시자 방으로 와서 작설차를 진하게 우려 연거푸 몇 잔이나 마셔대곤 하였다. 졸지 않으려고 때로는 씻어 놓은 당근이나 무를 먹기도 하고, 잠을 깨우려고 과자를 우걱우걱 씹어 먹기도 하였다. 그런 노력에도 불구하고 잠을 이기지 못해 힘들어했다. 정진에 매진하려고 애쓰는 모습을 곁에서 보니 내가 더 안타까웠다.

큰스님은 평소에도 선방에 들어가 결제대중들을 경책하셨다. 특히 용맹정진 기간 동안에는 자주 경책하러 가셨다. 납월팔일 전날은 대중과 함께 용맹정진을 하며 직접 장군죽비를 드셨다. 대중들이 신심을 낸 것은 말할 필요도 없었다.

이튿날 새벽 세시에 방선을 한 뒤, 대중들을 빙 둘러앉게 만들었다. 용맹정진에는 못 들어갔지만 나도 그 자리에 앉게 되었다. 큰스님이 먼저 말을 꺼내셨다. "인자 용맹정진이 끝났으이 모두 한마디씩 해라. 누구부터 할끼고." 그때 선원에서 제일 법납이 높은 기성 스님이 나섰다. "큰스님, 저는 밥값은 한 것 같습니다." "그래, 밥값을 내나 봐라." "화두가 여일했습니다." "다음은 누고." 도업 스님이 말했다. "잘 먹고 잘 놀았습니다." 그렇게 말이 오갔다. 쭉 돌아가며 한마디씩 하라고 했지만 다른 이들은 '할 말이 없어 죄송하다'는 말씀만 드리고 고개를 떨어뜨렸다. 성우 스님도 말 한마디 못하고 아래만 내려다보았다.

"기성이가 젤 났구나. 밥값을 했으이." 그 말을 하시더니 자리를 뜨셨다. 그해 납월팔일은 그렇게 지나갔다. 정진에 힘쓰던 성우 스님은 세상을 뜰 때까지 늘 공부하는 자세로 일관하다가 몇 해 전에 저세상으로 길을 떠나버렸다. 우리 은사 스님과는 절친한 도반이었다. 돌아가시던 해에 우리 스님의 손을 꼭 잡고 "혜해 스님, 공부밖에 할 것이 없어"라며 말하시더니…….

"공부가 그리 쉽나? 안죽 멀었어"

어느 수좌와의 법거량

큰스님께서 경주 흥륜사에 잠깐 와 계실 때였다. 어느 날 어떤 스님이 큰스님을 뵈러 왔다. 월내 길상선원으로 가려고 했으나 여기 계신다고 해서 왔노라고 말했다. 다부진 인상을 한 스님이었다. 큰스님이 나와 보시더니 무엇 때문에 왔는지 단박에 알아보시고 들어오라 하셨다. 그리고는 조실 방 근처에는 얼씬도 하지 말라는 엄명을 내렸다.

큰스님이 주석하는 월내 길상선원에는 법거량 하겠다고 찾아오는 스님들이 더러 있었다. 제 딴에는 공부깨나 했다고 큰소리치며 큰스님과 법거량을 해보겠다고 찾아오지만 열에 열사람 제대로 답하는 이가 없어 큰스님에게 실망을 안겨주곤 하였다. 그럴 때마다 '공부가 어렵긴 어려운 모양이라. 쉽기로 말하면 세수하다 코 만지는 것보다 쉬운 건데…'라며 말을 흐리셨다.

객스님이 누군지 매우 궁금했지만, 물어보지 못했다. 큰스님이 방에서 나오실 때까지 꼼짝 않고 기다리는 수밖에 별도리가 없었다. 이윽고 객스님이 인사를 드리고 떠났다. 객스님이 떠난 후, 큰스님은 오랜만에 공부하려고 애쓰는 수좌를 만나서 기쁘다는 말씀을 하셨다.

"춘성 스님이 계셨던 망월사에서 온 능엄이라 카는 수좌라 카네. 문 정영 스님 제자라 카민서 내캉 법거량 할끼라고 찾아온 기라. 용기도 가상하고 애쓴 흔적도 있는데. 공부가 그리 쉽나. 그거로는 안 되지. 더 해야돼. 안즉 멀었어."라며 아쉬워하셨다.

능엄 스님은 자기의 생각이 옳다고 계속 우기다가 승복하지 않고 돌 아갔다는 큰스님 말씀이었다. 무슨 말이 오갔는지에 대해서는 일체 함 구하셨다. 모처럼 정진 잘하는 스님을 만나 기쁘기는 했으나, 큰스님과 는 인연이 안 맞았던 것 같았다. 자기주장만 펴고 큰스님의 말은 들으 려고도 안 해, 아쉬움이 많이 남는 눈치였다.

객스님이 가고 나서 큰스님은 "공부를 하다 보면 소견이 좀 생기는 데 그것을 가지고 공부를 다 했다고 생각하면 큰 오산이다. 뿐만 아니 라 그 자리에서 다 알았다고 멈추어버리면 더 이상 발전할 수 없다. 점 검하고 또 점검해야만 공부가 앞으로 나가지, 그렇지 않으면 제자리걸 음도 모자라 도리어 뒤로 물러갈 수도 있다"고 하셨다

능엄 스님은 좀 더 공부해서 다시 찾아오겠노라고 말씀드리고 돌아 갔다고 한다. 하지만 그 뒤로 다시 오지 않았다. 그 후로 공부가 얼마나 진척되었는지 궁금하다. 큰스님이 은근히 기대를 걸고 한 번 더 찾아오 기를 기대했던 스님이었는데…. 망월사에 지금도 계시는지 모르겠다.

전진한(錢鎭漢) 씨와의 인연

요즘 젊은이들은 전진한 씨를 아는 이가 거의 없을 것이다. 사회운동가로 6차례 국회의원을 지냈고, 나중에 부통령에 출마했으나 낙선의 고배를 마셨던 분이다. 또한, 노동운동의 선구자이기도 하다. 항상 검정 고무신을 신었고, 돈이 없어 선거유세를 할 때는 지게 작대기를 버티어 놓고 지게 위에 올라가 연설을 한 걸로도 유명하다.

이런 경력을 가진 그는 독실한 불교신자로 참선수행을 열심히 하였다. 당시 월내 묘관음사에 머무셨던 성철 큰스님과 향곡 큰스님의 참선지도를 받으며 정진에 힘썼다. 용맹심이 있어 당신 딴에는 알았다고 큰소리를 치며 법거량을 한다고 들이댔지만, 언제나 패하고 돌아갔다. 하지만 용맹심만큼은 누구도 따라갈 이가 없었다고 한다.

부통령 출마에서 떨어진 뒤, 전진한 씨가 월내 묘관음사를 찾아왔다. 당시 성철 큰스님도 월내에 계실 때라 조실 방에 앉아 두 큰스님이 담소를 나누고 있을 때였다. 전진한 씨가 들어서면서 아무런 망설임 없이 악수를 청하려고 성철 큰스님께 손을 내밀었다. 그러자 전광석화처럼 성철 큰스님이 그의 손바닥을 후려갈겼다. 옆에 앉아 있던 큰스님이 깜짝 놀랄 정도였으니 그 위력이 대단했던 모양이었다. 하지만 전진한 씨는 무안한 기색도 없이 껄껄거리며 웃어넘겼다고 한다. 역시 정치로 단련된 배짱으로 맞받아치는 대응이었던 것이다.

그런 그였지만, 말 한마디 잘못해 기를 펴지 못한 경우가 생겼다. '부통령도 떨어졌으니 이젠 출가해서 참선이나 해야겠다'는 말을 꺼내자마자, 성철 큰스님이 그 말을 재빨리 받아 한 방망이를 때린 것이다. "아이구, 말 잘했다. 당선해가지고 와도 받아줄통 말통인데 뭐라꼬." 평소에는 성철 큰스님과 전진한 씨는 서로 호방한 성격이라 농담도 주고받으며 친하게 지내는 사이였다. 하지만 말이 떨어지자마자 크게 호통을 쳐서 전진한 씨의 기를 여지없이 꺾어버렸다는 이야기를 큰스님을 통해서 들었다.

전진한 씨가 국회의원을 지낼 당시는 자유당 시절이었다. 국회에서 국회의원들이 서로 싸움질하는 꼴이 보기 싫으면, 눈을 감고 가부좌를 틀고 앉아 있곤 했다. 그런 모습을 보고 박순천 여사가 곁에서 '나무아미타불, 관세음보살'이라며 놀렸다고 한다. 그가 의사당에서 참선하고 있는 모습은 국회 내에서 유명했던 걸로 알려져 있다.

그 뒤로도 묘관음사에 자주 들러 돌아가실 때까지 큰스님의 지도를 계속 받아왔다. 세상을 뜰 때, 전진한 씨는 무소유의 삶을 그대로 실천하였다. 그가 남긴 것은 낡은 양복 한 벌, 검정고무신, 그리고 늘 지니고 다녔던 굵은 단주 한 개가 전부였다. 그야말로 빈손으로 왔다가 빈손으로 간 것이다. '속인이지만 정말로 욕심 없이 살다가 떠난 사람이라'고 큰스님도 인정하셨다.

'타향살이'

큰스님은 고복수 선생이 부른 '타향살이'라는 노래를 좋아하셨다. 가사는 언제 들어서 아셨는지 때론 흥얼거리기도 하셨다. 그러다가 직접 부르고 싶어 해서 가르쳐 줄 선생을 알아보았다. 부산 좌천에서 교장을 하고 있는 이경수 선생이란 분은 노래를 잘 불렀다. 초등학교 여교장으로, 교장에 오르기까지 한 번도 결근을 한 적이 없는 착실한 분이다. '금연대金蓮臺'라는 법명을 운봉선사로부터 받은 독실한 불자로 부모님 대부터 묘관음사와 인연이 깊었다. 바쁜 이경수 선생이 시간을 내어 큰스님께 노래를 가르쳐 주기로 약속을 했다.

이경수 선생 집에는 옛날 축음기가 있었다. 처음엔 LP판의 노래를 몇 번이나 반복해서 큰스님께 들려준 뒤, 한 소절씩 가르쳐 주었다. 노래라고는 한 번도 배워본 적이 없는 큰스님이라 시작하자마자 음정도

박자도 엉망이었다. '타향살이'라는 노래는 생각보다 부르기가 어려웠다. 첫 구절인 '타향살이 몇 해던가'라는 가사 중에 '몇 해던가'와 마지막 구절인 '청춘은 늙고'라는 음정이 아무리 연습해도 생각대로 잘 되지 않았다.

화가 난 이경수 선생은 큰스님께 마지막 경고장을 던졌다.

"큰시님요, 인자 한 번마 더 해보고 안 되마 때리치웁시더."

투박한 경상도 사투리로 단호하게 말씀드리고, 다시 시작했으나 역시나 틀렸다. 큰스님도 기가 차는지 웃고만 계셨다. 곁에서 보고 있던 금륜월金輪月보살이 밉상스럽게 한마디 더 거들었다.

"마마 그만둡시더. 큰스님요, 노래는 마 날이 샜구마는요."

그래도 큰스님은 꿋꿋하게 그냥 부르셨다. 한나절 씨름해서 어느 정도 음정과 박자가 제자리로 돌아오자, 큰스님은 이렇게 말씀하셨다.

"도중에 그만두라고 이경수 선생이 뭐라 캐샀지마는 그래하고 말 꺼 같으마 애당초 시작도 안 했지."

고복수 선생의 '타향살이'라는 가사를 음미해보면, 고향에 대한 그리움이 간절하면서도 간결하게 표현되어 있다. 그보다 더 심금을 울리는 것은 곡조가 아닐까 싶다. 그 곡조에 끌려 큰스님께서 타향살이를 좋아하신 것 같다는 생각이 든다. 짧은 가사지만 고향생각을 하는 마음이 절절이 묻어나는 노래이기에 좋아하신 것 같다.

그 뒤로 타향살이라는 노래가 어디서 흘러나오면, 큰스님은 흥얼거리는 게 아니라 아예 막힘없이 술술 따라 부르셨다. 어릴 적 살았던 고향생각을 떠올리며 노래하셨을까. 아니면 마음의 고향을 찾아 나선 나그네의 심정으로 불렀을까. 나름대로 추측을 해보았다. 큰스님은 어느 틈에 외우셨는지 사절까지 가사를 완벽하게 외워 따라 부르고 계셨다. "가도 그만 와도 그만 언제나 타아~향"이라며 길게 빼고 끝을 내셨다.

숨바꼭질

어릴 적 이야기를 하실 때마다 큰스님은 추억에 잠기곤 하셨다. 그 중에서 동네친구들과 숨바꼭질하던 얘기를 할 때면 그 시절로 돌아간 듯 먼 산을 보며 이야기 주머니를 풀었다.

시골이어서 마땅한 놀이기구도 없었던 때라 자연을 이용한 놀이를 개발해서 동네 친구들과 잘 놀았다. 그 날도 친구들과 숨바꼭질을 하였다. 잘 숨는다고 숨는데도 늘 들켜서 큰스님은 자주 술래가 되었다. 자꾸 술래가 되다 보니 어떤 곳에 숨어야 친구들이 찾을 수 없을까를 고심하다가 좋은 곳을 발견해 내었다.

드디어 술래를 면하고 숨게 되었다. 가을 추수가 끝나자 동네 집집마다 볏짚을 수북하게 쌓아 둔 곳이 많았다. 그중에서 짚단을 많이 쌓아 놓은 곳에 들어가서 숨었다. 다른 애들은 다 찾아내었는데 진탁(큰스님 이름)이는 도저히 찾아낼 수 없었다. '꼭꼭 숨어라 머리카락 보일라' 라는 숨바꼭질 노래처럼 너무 꼭꼭 숨어 보이지 않았던 것이다. 어둑해지니까 그만 놀고 집에 가려고 친구들이 '진탁아' 하고 아무리 불러도 대답이 없었다. 먼저 집에 갔으려니 하고 뿔뿔이 흩어져 각자 집으로 돌아가 버렸다. 해는 벌써 뉘엿뉘엿 지고 땅거미가 몰려오고 있었다.

집에 계시던 어머니는 밥때가 되어도 진탁이가 오지 않자 찾으러 나섰다. 윗집으로 아랫집으로 다 찾아도 모른다는 대답뿐이었다. 술래잡기하다가 불러도 안 나오기에 그냥 왔다는 친구들의 말만 들으니 애간장이 더 탔다. 어머니가 온 동네를 다니며 '진탁아, 진탁아' 불러보았지만 진탁이의 대답을 들을 수 없었다.

그러면, 그동안에 무얼 하고 있었을까? 짚북데기 속에 앉아 생각에 잠겨 있었다. 처음에는 친구들에게 들킬까 봐 숨을 죽이고 있었으나 그 속에 가만히 앉아 있으니 왠지 편안했다. 시간 가는 줄도 모르고 그대로 조용히 앉아 있었던 것이다. 특별히 무엇을 생각한 것도 아니고 자신만의 세계에 빠져 아무 소리도 들리지 않았던 것이다. 짚더미 속에서 얼마나 시간이 흘러갔는지도 몰랐다. 정신을 차려보니 그제야 배가 고프다는 걸 느꼈다. 어디선가 '진탁아' 부르는 소리가 들려 짚단을 들치고 나왔다. 이미 해는 넘어가고 사방이 캄캄해져 어머니가 앞에 서 있는 것도 안보였다고 한다.

그 후로도 술래잡기하다가 싫증이 나면 짚더미 속에 들어가 앉아 생각에 잠기곤 했다. 그 속에만 들어가면 시간이 지나가는 걸 느끼지 못했다고 하며 이런 말씀을 하셨다.

"나는 전생부터 참선을 했는지 어릴 때부터 가만히 앉아 있으마 그리 편안할 수가 없었거든."

한두 생만 닦은 인연이 아니라 먼먼 전생부터 큰스님은 참선정진을 하신 게 아닌가 싶다. 그렇지 않고서야 세상에 그런 일이 일어날 수가 있겠는가.

우리스님, 조성월(趙性月) 스님

큰스님은 은사 스님에 대한 말씀을 하실 땐 꼭 조성월 스님이라고 하셨다.

"내가 말이여 내원사서 중이 될라꼬 하이 아무도 나를 제자로 받아 주는 이가 없어. 그른데 조성월 스님이 나를 제자로 삼겠다고 자청했다 말이여. 얼매나 고맙던지, 말로 다 할 수가 없지."

시골에서 온 열여섯 살 떠꺼머리총각을 대중들은 아무도 반겨하지 않았다. 머리를 땋아 촌티도 줄줄 흐르는 데다가 키만 껑충하게 커 어설프기가 그지없었기 때문이다. 게다가 어린애마냥 콧물까지 훌쩍거려 다들 꺼렸던 것이다. 게다가 내원사 큰방에서 참선하는 스님들은 다 도인인 줄로 알고, 궁금한 것은 아무나 붙잡고 물어보니까 모두들 귀찮은 촌놈이라고 여겼다.

조성월 스님은 키도 자그마하고 체격도 작아 말을 안하면 비구니로 오인할 정도로 얌전하셨다. 평소에 말이 없고 조용할 뿐만 아니라 말소리도 크게 내지 않았으며 늘 미소를 머금고 계셨다. 그런 스님이 촌뜨기를 상좌로 삼겠다고 큰방에서 발언을 한 것이다. 온 대중이 놀란 것은 물론이다. 당시는 상좌를 두면 양식값을 사중에 내야 했다. 그것 때문에 참선하는 수좌 스님들은 상좌를 둘 생각을 엄두도 못 내었다. 양식값을 내기 위해 탁발을 해야 하는 현실이었다. 큰방에서 참선하는 스님들도 하루 한 끼에 쌀 서 홉이 든다고 계산해서 양식을 내고 공부하였다. 본인의 양식값조차도 내기 어려운 사정인데도 조성월 스님은 용기있게 제자를 두었다. 아마 장래에 도인이 될 거라는 선견지명이 있으셨는지 모르겠다.

그런 어려운 처지여서 출가한 뒤에 강원에 가고 싶었지만, 조성월 스님께서는 돈이 없어 보내지 못하셨다. 훗날, 큰스님은 강원이야기만 나오면 조금 아쉬워하셨다.

"우리 스님이 쪼매마 여유가 있었으마 날 강원에 보냈을 낀데. 그때는 돈이 너무 없을 때라 우짤 수가 없었능기라."

얼마나 아쉬웠으면 그때 강원만 갔더라면 글 보기가 훨씬 수월했을 거라는 말씀을 누누이 하셨다. 큰스님은 돈이 없어 강원에 보내지 못한 스승님의 마음은 더 아팠을 것이라고 하셨다.

조성월 스님은 젊은 시절엔 제방에서 참선을 하시다가 노년엔 경주 활성리에 있는 연지암에서 근 10여 년을 정진하며 혼자 계셨다. 연지암에는 경상북도문화재 자료 96호인 '석조약사여래입상'이 계시는 곳이다. 말년에는 큰스님이 월내 관음사로 모셔와 절 입구에 있는 요사에서 지내게 하셨다.

조성월 스님은 제자이긴 하지만 큰스님을 매우 어려워하셨다. 도인이 된 제자가 흐뭇하기도 하지만 법에 대한 질문을 하면 대답을 못 해 절절 매셨다. 당시의 이야기를 큰스님 제자 중에 한 분이며 월내 묘관음사 주지를 오래 사신 혜원 스님에게 들어보았다.

큰스님이 집에 계실 땐 조석으로 은사 스님 방으로 찾아가 "스님, 밥값 내놓으시오"라고 종주먹을 들이대었다. 뿐만 아니라 출타해서 돌아오면 제일 먼저 은사 스님께 들러 "밥값은 언제 낼 거냐"고 인사를 드렸다. 모르는 이들이 오해할지 몰라 한마디 덧붙이지만, 진실로 은사 스님에게 공부로 은혜를 갚아드리고자 하는 지극한 정성에서 묻는 선문답이다. 그럴 때마다 조성월 스님은 언제나 머리만 긁적이다 대답을 못하셨다. 얼마나 들이댔으면 손상좌 혜원 스님에게 "혜원아, 향곡이가 자꾸 밥값 내라고 재촉을 하는데 답을 못해 답답해 미치겠다. 언제 밥값을 낼지 모르겠다"며 하소연을 했다.

그러던 어느 날이었다. 조성월 스님이 환한 얼굴로 손상좌 혜원 스님을 불렀다. "인자 밥값을 다 냈느니라"며 기뻐하셨다. 아마 모르긴 해도 흡족할 만한 답을 하신 게 아닌가 싶다. 그 후로는 큰스님이 은사 스님께 "밥값 내라"는 소리를 안 하신 것은 물론이다.

월내에서 정진하시다가 어느 따스한 봄날 입적에 드셨다. 그야말로 옛 선사들이 좌탈입망坐脫立亡에 드셨다는 말씀 그대로 좌탈을 하신 것이다. 좌탈이란 단정하게 앉아서 조용히 숨을 거두는 것이다. 조성월 스님은 앉은 채로 조용히 입적에 드셨는데, 혜원 스님은 그때 처음으로 말로만 듣던 좌탈을 직접 보고 깊은 감명을 받았다고 한다. 근래에는 전 종정이시며 백양사 방장이셨던 서옹선사西翁禪師께서 좌탈에 드셨다.

사찰에서는 매일 아침 쇳송을 치며 염불을 한다.

그 중에 '오종대은명심불망五種大恩銘心不忘'이라는 염불은, 다섯 가지 은혜에 감사드리며 잊지 않고 명심하겠다는 다짐이다. 다섯 가지 중에 '유통정법사장지은流通正法師匠之恩'이란 대목은 정법을 알게 해주신 스승의 은혜에 감사드린다는 뜻이다. 스승의 은혜를 잊지 않겠다는 맹서를 아침마다 하는 셈이다.

큰스님이야말로 은사 스님이 밥값을 하고 떠나시도록 했으니 스승님에 대한 은혜를 갚았다고 할 수 있으리라.

선문답

'선문답'이라는 게 있다는 걸, 나는 출가하기 이전부터 알았다. 참선이 무엇인지는 몰랐지만. 아버지가 학교 선생이라 매월 받아보는 〈교원敎員〉이라는 잡지에 '선문답'이란 글이 실려 있어 읽은 적이 있다. 불교와 인연이 있었던지 내내 그 뜻이 궁금했다.

어느 날, 조금 한가로운 시간이 나기에, 큰스님께 여쭈었다.

"큰스님, 제가 중학교 다닐 때 양주동 박사가 어느 선승과 선문답했다는 글을 읽었는데 이야기해도 됩니까?"

"그래, 이야기해 봐라."

글의 내용은 이러했다. 양주동 박사가 깊은 산중에 계시는 어느 선승을 만나러 갔다. 그 선승과 선문답이 시작되었다. 스님께서 먼저 물었다.

"산에서 호랑이를 만나면 어떻게 하겠는가?"

"저도 호랑이가 되지요."

"그 호랑이가 너보다 힘이 셀 적엔 어떻게 하겠는가?"

"예에?"

양주동 박사는 첫 물음에는 재치로 답했으나, 그다음 물음에는 당황해서 답을 올리지 못했다. 집으로 돌아가면서 자신의 대답이 처음부터 어리석은 답이었다고 자신을 되돌아보는 글이었다. 읽을 당시엔 무슨 뜻인지 전연 몰랐다. 나중에 알고 보니, 내심으로 참선공부 좀 했노라고 우쭐거리며 가서 선승에게 방망이만 맞고 돌아온 내용이란 걸 알게 되었다.

큰스님께서는 제 말을 듣더니 이렇게 말씀하셨다.

"그래도 그 사람은 맹물은 아이네. 그 정도 용기가 있으마 뭐라도 하겠네. 그렇지마는 암만 박사라 캐도 마음공부는 말로 설명되는 기 아인 기라. 양주동 박사는 니가 '인간국보'라 카던데 아는 기 아무리 많아도 아무 소양이 없제. 참선 공부는 지식이나 학문으로 푸는 문제가 아인기라."

이어서 큰스님은 "부처가 되는 길인 참선공부는 그저 자나 깨나 앉으나 서나 화두일념話頭一念이 되는데서 답이 나와야지 그냥 답한다고 되는 것이 아니다. 자기 자신이 죽었다 깨어날 정도로 깊숙하게 들어간 체험에서 나온 말을 해야 한다. 어쩌다가 '소발에 쥐잡기'로 비슷한 말을 할 경우가 있는데 그것은 자기가 깊이 깨달은 속에서 나온 말이 아니기 때문에 이내 잊어버리게 된다. 자기 자신이 더 갈 데 없는 곳까지 들어가서 체득해서 나온 소리라야 영원히 잊어버리지 않는다"고 말씀하셨다.

참으로 참선 공부야말로 일말의 허튼소리도 용납이 안 된다는 걸 확실히 알게 해주셨다. 아무 소리나 마구 내뱉으며 공부했노라고 큰소리치는 이들에게 경종을 울리는 말씀이 아닐까 싶다. 큰스님이 옆에 계신다면 이런저런 궁금한 점들을 물어볼 수 있을 텐데…. 이젠 그럴 수 없어 답답하기만 하다. 계실 때 이것저것 많이 물어볼 것을. 아쉽고 또 아쉽다.

"큰스님, 저보다 발음이 정확해요"

알파벳을 외우시다

자가용을 가져보지 못한 큰스님이시다. 차를 타고 어디 가는 것을 즐겼지만, 자가용을 갖고 싶어 하지는 않으셨다. 하지만 누가 자가용에 태워드리면 어린애처럼 좋아하셨다. 자가용은 없지만 차에 대한 관심이 많아 못 보던 차가 지나가면 이름을 알고 싶어 하셨다. 차 이름은 거의가 다 외래어로 되어있어 큰스님이 발음하시기는 어려웠다. 그러나 열심히 익혀 제대로 발음하려고 노력하였다. 큰스님이 좋아하신 차종은 벤츠이다. 벤츠 사진이나 벤츠가 실린 책을 보면, 자세히 들여다 보셨다.

하루는 갑자기 알파벳을 적어 달라고 하셨다. 직접 읽어보고 싶다는 생각을 하신 것이다. 큰 마분지에다가 영어로 알파벳 스물여섯 자를 쓰고 밑에다 한글로 읽는 법을 써드렸다. 에이, 비, 씨, 디라고 열심히 읽으시더니 어느 날 나를 급히 불렀다.

"저거 엠 비 씨 맞제."

"예. 맞습니다."

알파벳을 외우신 뒤, 텔레비전 자막에 MBC라고 뜨자 정확하게 읽으신 것이다. 알파벳을 다 익힌 뒤로 자동차 이름을 영어로 외우기 시작하셨다. 제일 먼저 외우신 것은 캐딜락이란 차 이름이었다. 몇 번이나 연습한 끝에 겨우 제대로 발음하셨다. 영어로 cadillac이라 쓰고 ca는 캐, dil이 딜, lac은 락으로 읽으니까 붙여서 캐딜락이라고 읽는다는 나의 설명에 고개를 끄덕이셨다.

그렇게 시작한 영어가 부쩍 늘어 어지간한 차종은 거의 다 읽는 수준에 이르렀다. 읽는 재미가 생기자 영어 간판이나 아는 영어가 나오면 또박또박 읽으며 기뻐하셨다.

하루는 해운정사 동광 스님이 월내로 왔다. 동광 스님은 외대 영문과를 나온 재원이다. 그 걸 아시는 큰스님은 동광 스님에게 영어에 대해 궁금하게 여기던 것들을 이것저것 물으셨다. 동광스님은 짧은 기간 동안에 많은 것을 익힌 큰스님을 보고 정말로 놀라는 눈치였다.

"큰스님. 이젠 그만하셔도 되겠습니다. 저보다 발음이 정확합니다."

동광 스님이 하는 말에 큰스님은 빈말이라도 고맙다고 말했다. 콧구멍이 벌렁거리시는 걸 봐서 기쁘신 것 같았다. 큰스님이 가신 뒤, 고속도로가 여러 곳에 뚫렸다. 법제자이신 진제 스님도 드디어 자가용이 생겼다. 차를 가지게 되자 차타는 걸 좋아하신 큰스님 생각이 나시는지 이런 말씀을 하셨다.

"노장님이 계셨으마 우리 차에 태와드리맨 얼매나 좋아허싰을 낀데. 고속도로도 마이 생기서 쭉 달리가맨 좋아허싰을 끼그마는."

투박한 남해사투리로 먼 산을 바라보며 말씀하셨다. 평소에는 무뚝뚝하기 짝이 없는 분이 그런 말씀을 하니까 옆에 서 있던 나도 눈시울이 뜨거워졌다. 큰스님을 그리워하는 마음이 함께 전해지는 순간이었다.

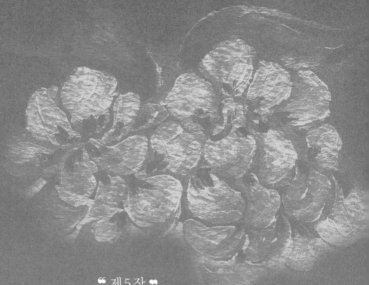

❝ 제 5 장 ❞

죽었다 깨어나는 화두

죽어버린 엄나무

염화실拈華室로 올라가는 입구에는 맹종죽孟宗竹이란 왕대나무 숲이 있다. 바람이 불 적마다 사각사각 소리를 낸다. 큰스님이 계신 염화실로 올라가는 계단 초입에 굵은 가시가 난 엄나무가 한 그루 있어 왕대나무 숲의 수문장 노릇을 톡톡히 했다.

하루는 큰스님께서 염화실로 올라가다가 엄나무가 너무 높이 자란 것을 보았다. 즉시 원주 스님을 불러 이렇게 일렀다.

"봄에 엄나무 순을 딸라카모 손이 안 자래서 나무를 좀 치야 되겠다."

며칠 뒤, 큰스님이 출타하셨다. 큰스님이 안 계신 때를 틈타 원주 스님이 나무 등걸만 남겨 놓고 가지를 거의 잘라버렸다. 나무에 손이 닿도록 하느라고 위쪽의 가지를 다 잘라버리고 밑에 있는 큰 가지만 서너 개 남겨 놓았던 것이다. 나무에 대해 잘 모르지만 저건 너무 많이 자른 게 아닌가라는 의구심이 들긴 들었다.

아닌 게 아니라 큰스님은 절에 돌아오시자마자, 불같이 화를 내셨다. 잘려나가 오뚝이처럼 뭉뚝하게 서있는 나무를 보았기 때문이다.

"누가 저래 짤라 났노."

나무를 잘라낸 원주 스님은 겁이 나 어디로 숨어버렸고 남은 대중들은 죄도 짓지 않았는데 벌벌 떨기만 했다. 다행히 큰스님은 두 번 거론하는 성격이 아니라서 그냥 넘어갔다. 그 뒤로 큰스님은 엄나무를 볼 때마다 내년에 싹이 나오려는지 모르겠다며 매우 걱정을 하셨다.

"누가 그르큼 자를 줄 알았나. 내가 지키고 있으민서 자르라고 할 낀데."

미안한 마음으로 엄나무 앞에서 위로의 말을 건넸다. 큰스님은 화가 나더라도 그 시간만 지나면 두 번 다시 거듭해서 말씀하시는 일은 없었다. 다행히 원주 스님은 그 자리를 피했기 때문에 아무 일 없이 지나갔지만, 걱정이 되는 모양이었다. 엄나무 둘레를 빙 둘러 파고 물도 주고 퇴비도 주는 걸 보면….

이듬해, 모두가 싹이 트기를 바랐건만 엄나무는 아무런 소식도 보내지 않았다. 시커먼 둥치만 남아 있는 엄나무는 봄이 다가도록 싹이 돋아나지 않았다. 기다린 보람도 없이 영영 떠나버린 것이다. 잘라버리기가 아까워 일 년을 더 두고 보았으나 싹이 나올 기미를 전혀 보여주지 않았다. 결국은 밑동만 남기고 싹둑 베어버렸다.

큰스님은 남아 있는 그루터기를 보며 안쓰러운지 한마디 하셨다.

"니를 살릴라 캤는데 미안타. 해마다 맛있는 순을 따서 많이 무겄는데."

그 뒤로도 지나다니면서 '미안하다'며 머리를 숙이곤 하셨다.

지리산 隱者…오직 공부에만 집중

큰스님 제자 현기(玄機) 스님

큰스님 제자 중에서 지금까지 정진의 끈을 놓지 않고 사시는 분을 꼽으라면 현기 스님을 들 수 있으리라. 큰스님 회상을 비롯해 제방에서 정진하시다가 1970년대 말, 지리산 상무주암上無住庵에 들어가 은거하기 시작해서 지금에 이르고 있다. 언제부턴가 "지리산의 은자隱者"라고 일컬어졌다. 한 곳에 칩거해 살면서 세상에 내려오지 않고 오로지 공부에만 힘을 쏟아서였다. 그렇게 정진하던 스님이 2013년 4월, 조계사 대웅전에서 열린 간화선 대법회에서 설법을 하게 되었다. 도반 스님들이 간곡히 요청해 겨우 허락을 받았다는 후문이다. 그러했기에 스님의 법문은 불교신도뿐만 아니라 일반 대중에게도 신선한 충격을 안겨주었다.

은둔생활을 오래 해 널리 알려져 있지 않았기 때문에 스님의 법문이 새로운 느낌으로 다가온 것이다. 불교 매스컴은 물론, 각 일간지에서도 다투어 스님의 기사를 실었다. 네티즌들도 스님의 법문에 감화를 받아 많은 댓글을 싣는 등 일반 대중들에게 점점 알려지게 되었다.

나는 개인적으로 가까이 한 적은 없다. 월내 묘관음사에서 매년 치르는 큰스님 생신이나, 운봉선사님 기일에 참석하러 온 스님을 먼발치에서 본 적은 있다. 평시에도 과묵해 말을 하는 걸 들어 본 적이 거의 없다. 큰스님을 뵈러 와서도 묻는 말에 답하는 이외에는 말을 하지 않았다. 곁에 있는 도반 스님들이 '공부 애쓰는 구참수좌舊參首座(오랫동안 참선을 정진한 스님)'라고 존경하는 말을 듣고 대단한 스님인 것은 알고 있었다. 그때 나는 아직 출가한 지 얼마 안 된 터라 어려워서 말도 제대로 걸어보지 못했다.

큰스님이 계실 당시, 월내 묘관음사에서 현기 스님이 원주소임을 맡아서 살 때이다. 매사에 어찌나 철두철미한지 고방庫房에 둔 참기름이나 버섯 같은 귀한 물건은 하나 내고 찰칵, 또 하나 내고 찰칵 잠그는 바람에 소임들이 뭐 하나 얻으려고 하면 애를 먹었다고 한다. 사중살림 살이가 어려운 것도 있긴 하지만, 곧고 바른 성격이 한몫을 하였다. 지금처럼 물질이 흔한 것만 보아온 이들은 도저히 이해가 되지 않는 일일 것이다. 그런 시절이 있었기에 지금 풍족하게 사는 게 아닌가 싶다.

알뜰하게 살림을 꾸리는 것은 좋지만, 하도 곧이곧대로 일을 하기 때문에 대중들은 답답하다고만 여겼다. "지금 같으면 이해를 했을 텐데 그땐 어릴 때라 너무한다 싶은 생각이 들었다"고 향림사 묘혜 스님이 당시를 회고하며 말했다.

얼마 전, 상무주암에 뵈러 갔더니 밭에서 일하고 계셨다. 도와주러 온 처사님들과 함께 퇴비를 지고와 밭을 갈고, 미나리꽝을 만드느라 정신없었다. 일을 대충 끝내고 늦은 점심을 들러왔을 때 보니, 얼마나 일을 많이 하고 살았는지 눈으로 볼 수 있었다. 상일꾼보다 더 투박한 손마디엔 굳은살이 박혀있고, 바지를 걷어 올린 두 다리는 축구선수보다 더 튼실해 보였다. 가파른 산비탈을 개간해 밭을 만들자니 그동안 얼마나 힘들었을까. 일하면서 공부하는 자세를 말없이 그대로 보여주었다.

낮에 그렇게 힘든 일을 하셨으니 곤히 주무시리라 여겼다.

밤중에 깨어 화장실 가려고 보니 선실禪室에 앉아 정진하고 계셨다. 쭉 장좌불와長坐不臥로 일관하며 정진한다는 걸 몰랐던 것이다. '아, 그래서 이불이 없었구나' 하고 그제야 알았다. 도둑고양이처럼 잠자리로 돌아와 내내 잠을 이루지 못했다. 정진력에 그저 탄복할 따름이었다. 소리 소문 없이 조용히 정진하고 계시다가 어느 날 지리산에서 내려와 법을 설하신 현기 스님! 향곡 큰스님이 살아계셨다면, 얼마나 흐뭇해하셨을까. 그런 생각만 해도 가슴이 뿌듯해진다.

들통 난 어린애처럼 수줍어하고

등 뒤로 감춘 홍시

빨갛게 잘 익은 홍시는 큰스님이 즐겨 드시는 과일 중의 하나이다. 겨울에 밖에 내다 두어 차가워진 물홍시를 쭉 빨아들이면 시원하고 달콤한 맛이 입안을 즐겁게 한다. 그런 홍시를 큰스님은 좋아하셨다.

해마다 겨울이 되면 서늘한 곳에 짚을 깔고 홍시를 죽 늘어놓는다. 그중에서 항상 잘 익은 놈만 골라서 큰스님께 드렸다. 드시다 남은 홍시는 냉장고에 넣어두고 언제든지 내다 잡수시라고 해도 누가 있으면 잘 드시지 않았다. 달라고 하면 드릴 텐데 시자인 나에게 일일이 말하기가 어려운 모양이었다. 그뿐만 아니라 큰스님은 체면이 많아 될 수 있으면 이것저것 시키지 않으려고 애쓰셨다. 그런 성격이시라 자주 챙겨드리는 편이나, 누가 없으면 몰래 꺼내 드시는 일이 가끔 있었다. 홍시를 워낙 좋아하시니 먹고 싶어도 참았다가 아무도 없을 때 드시는 것 같았다.

하루는 원주 스님에게 볼일이 있어 후원에 내려갔다가 올라왔다. 큰스님은 아무도 보이지 않자 몰래 홍시를 잡숫고 있다가, 나를 보더니 드시던 홍시를 얼른 등 뒤로 감추었다. 그리고는 안 드신 척 시침을 떼셨다. 속으로는 우스웠지만, 웃을 수도 없어 알고도 모른 척 해버렸다.

큰스님은 내가 모르는 줄 알고 돌아서는데 등 뒤의 저고리 뒷자락에 홍시가 빨갛게 묻어 있는 게 보였다. 몰래 먹다 들키니까 당황하셨던 것 같다. 부끄러워하지 않아도 되건만, 큰스님은 매우 수줍어하며 어쩔 줄 몰라 하셨다. 꼭 어린애가 뭘 훔쳐 먹다가 들통 난 것처럼 말이다.

"큰스님, 아무 때라도 마음대로 꺼내 드세요."

그렇게 말씀드려도 몰래 드시는 일이 되풀이되었다. 큰스님은 주위 사람들을 지나칠 정도로 배려하는 성품이라 아무리 그러시지 말라고 해도 소용이 없었다.

어릴 적 외가에 가면 사촌오빠들이 앞니 빠진 나를 보고 놀렸다. 홍시를 먹으면 앞니가 또 빠진다고 말이다. 외할머니도 홍시를 먹어 앞니가 다 빠졌다는 말을 정말로 곧이들었다. 그 후로 얼마동안 절대로 홍시를 먹지 않았다는 이야기를 했더니 큰스님은 무릎까지 쳐가면서 한참을 웃으셨다.

"아이고 법념아, 그만 웃기라 마아."

그 모습이 엊그제만 같다.

접시는 접시대로 종지는 종지대로

그릇 정리정돈

큰스님은 물건이 흐트러져 있는 걸 보면 언제나 바로잡아 놓으신다. 그런 성격이시라 물건들이 언제나 제자리에 놓여있다. 그뿐이랴. 책상 서랍 안을 들여다보면 꺼내 쓰기 편리하도록 일목요연하게 정리되어 있어 한 치 흐트러짐 없이 사시는 일면을 엿볼 수 있다.

하루는 큰스님께서 나를 불러 세웠다.

"물건을 이리 구지리 하게 늘어놔서 어지럽다 어지러버."

아무리 둘러보아도 어질러놓은 게 내 눈에는 보이지 않았다. 멀뚱거리고 서 있으니까 죽 늘어놓은 냄비를 가리켰다. 내 딴에는 잘한다고 씻은 냄비 세 개를 부엌마루에 나란히 놓아둔 것이다.

"이런 건 큰 거는 밑에 두고 작은 거는 우에 놓고 포개놔야지. 이래 놔 놓으마 안 되는 기라. 자리 차지만 하이께. 알았나."

고개를 떨어뜨리고 가만 서 있으니까, 이번에는 찬장 안에 넣어 둔 그릇들을 다시 정리하라고 말씀하셨다.

"법념아. 접시는 접시대로, 종지는 종지대로, 국그릇은 국그릇대로, 밥그릇은 밥그릇대로 놓아야제. 이기 뭐꼬. 두서도 없이."

어느 노스님이 툭하면 '입이 광주리 구멍 같이 많아도 할 말이 없을 거라' 고 하시더니 정말로 내가 그 짝이었다. 찬장 안을 들여다보니 큰스님 말씀대로 정리된 것이 하나도 없다. 종류별로 정리정돈이 안 된 것은 물론, 큰 것이 위로 작은 것이 아래에 깔려 있는 것도 보였다. 그러고도 그런 모양들이 내 눈에는 안 들어왔으니 나 자신이 한심스러워 부끄럽다는 생각이 들었다. 큰스님은 그동안 얼마나 보기 싫었을 터인데 아무 말도 안 하신 것은 이유가 있었을 것이다. 정리하려는가 하고 두고 봐도 고치지 않으니 할 수 없어 말씀하신 듯하다. 그릇을 전부 꺼내서 하나씩 하나씩 차례대로 정리를 한 다음에 큰스님에게 보고를 드렸다.

"그래, 잘했다. 인자 보이 어떻노. 기분이 좋제."

큰스님은 공부도 이와 같다고 하셨다. 매사에 잘못된 것은 없는지 빈틈없이 살펴 살림살이를 정리정돈 하듯 반듯하게 해야 한다고 하셨다. 무엇보다 참선공부는 계속 이어가야지 도중에 끊기면 모든 게 허사가 되어버린다. 항상 화두를 잘 들고 있는지 챙겨서 의심이 끊어지지 않도록 하는 것은 물론 바르게 하고 있는지 늘 점검하는 것도 잊지 않아야 한다고 말씀하셨다. 일이나 참선공부나 둘 다 정도(正道)로 걸어가야지 삐딱 선을 타고 걸어가면 어디에 빠져들지 모르니 조심 또 조심해서 가야 한다고 거듭 강조하셨다.

한밤중의 각목싸움

저녁 무렵, 어느 선원에서 온 스님이 큰스님을 뵙겠다고 찾아왔다. 본인이 공부하다가 깨달았다는 것이다. 말하자면 큰스님과 법거량을 하겠다고 온 셈이다. 큰스님은 그 스님이 들어올 때부터 벌써 알아차리셨다. 제 딴에는 알았다고 잔뜩 벼르고 왔다는 것을. 주위에 아무도 얼씬거리지 말라는 엄명을 내리고 들어오라고 했다.

그 스님이 조실채에서 내려간 뒤, 큰스님께선 허탈한 너털웃음을 웃으시며 말씀하셨다.

"알기는 뭘 알아. 아무것도 아인 걸 붙들고 알았다카이 내 참 기가 매키서."

공부는 제대로 하지도 않고 알음알이가 생긴 것을 가지고 알았다고 우긴 모양이다. 큰스님에게 호되게 혼나고 내려간 것은 물론이다. 하도 말도 안 되는 소리를 하며 우기기에 정신 똑바로 차리라고 몇 대 때려

억지로 내려보냈다고 하셨다.

깨달았다고 떵떵거리며 큰소리를 쳤으나 영 아무것도 아니었던 것이다. 말해보니 정말로 맹탕이어서 큰스님은 맥이 빠진 표정을 하고 계셨다. 행여나 하는 일말의 기대감이 그대로 무너진 데서 오는 허무함이 밀려온 것이다. 이런 일로 찾아오는 스님들을 종종 보아온 터라 그리 새롭지는 않았다. 대부분 본전도 못 건지고 돌아가는 경우가 많은데 이번에도 그랬다. 거의가 다 기가 죽어 얌전하게 돌아가기 때문에 그날도 그러려니 여겼다. 그런데 그게 아니었다.

조실채는 선방하고 좀 떨어져 있어 여간해서는 아래쪽에서 나는 소리가 들리지 않는다. 그러나 밤이 깊어져 도량이 조용해지면 작은 소리까지도 들려온다. 한밤중이었다. 갑자기 고함소리와 함께 비명소리가 큰스님 방까지 들려왔다. 무슨 일이 일어났다는 것을 직감적으로 느꼈다. 밤 열한시가 지났으니 주위가 고요해 더 잘 들린 것이다. 후다닥거리며 원주 스님이 올라오더니 다급한 목소리로 말했다.

"큰스님, 객스님들이 각목으로 서로 때려 한 사람은 입술이 터져 이가 부러지고, 또 한 사람은 머리가 터졌습니다. 급히 택시를 불러 병원으로 보냈습니다. 선방에서 스님 두 분이 따라갔으니 염려 마십시오."

사건의 전말은 이러했다. 큰스님에게 제대로 대답 한마디도 못 한 채, 방망이만 맞고 내려간 스님이 객실로 자러 갔다. 그 방에는 다른 객스님이 또 한 사람 와 있었다. 처음에는 주거니 받거니 말싸움으로 시작되었다. 말인즉슨 둘이 다 서로 깨달았다고 내가 옳으니 네가 그르니

하다가 급기야는 서로 멱살을 잡고 밖으로 나오기까지에 이르렀다. 창고에 세워둔 각목이 눈에 띄자 하나씩 들고 서로 때린 것이다.

'깨달음의 해프닝'은 일단락되었지만 왠지 뒤끝이 씁쓸했다. '공부를 잘못하면 저렇게 되는구나' 하는 생각을 하니 정신이 바짝 들었다. 바르게 정진한다는 것이 얼마나 어려운 일인지를 새삼 깨닫게 해주는 사건이었다.

바닷물 길어 대나무에 주는 정성

왕대나무와 죽순

동화사를 나와 동대구역에서 월내 묘관음사로 가는 동해남부선 기차를 탔다. 시자가 되어 큰스님 계시는 처소로 가는 길이다. 모든 것이 다 서툴다고 염려하시는 은사 스님을 뒤로하고 떠났다. 아직 중물도 제대로 안 들었는데 비구 처소로 데리고 가겠다는 큰스님 명을 따르긴 했지만 은사 스님의 걱정은 이만저만이 아니었다. 사미니계를 받은 지 한 달도 안 되었기 때문이다.

도착했을 때는 캄캄한 저녁이었다. 겨울이어서 여섯시가 조금 지났는데도 사방이 캄캄해져 어두웠다. 조실채로 올라가는 오른쪽에는 맹종죽孟宗竹이라는 왕대가 무성해 스산한 바람소리와 함께 대나무가 흔들릴 때마다 버스럭거리는 소리가 들려 무서움을 더 자아내었다.

이튿날 아침에 대나무 숲을 바라보았다. 절개를 자랑하듯 푸른 왕대나무가 싱싱하게 위로 쭉쭉 뻗어 있어 밤에 볼 때와는 달리 평온한 모

습이었다. 그 후론 대숲을 무서워하지 않았고 대나무와 나는 점점 친해
져 수시로 대숲을 들락거리게 되었다.

큰스님은 대나무에 공을 많이 들였다. 대나무는 소금기가 있어야 잘
자란다고 매년 월내 바다에서 바닷물을 길어다 대나무 숲에 주게 하셨
다. 일꾼들 서너 명이 물지게로 날라다 붓는 작업은 한나절이 걸리는
중노동이었다. 골고루 갖다 부어야 하기 때문에 큰스님은 끝날 때까지
일을 감독하셨다. 절이 바닷가하고 가까워 그나마 빨리 끝나 다행이었
다. 그 이외에 김장김치 절였다가 나오는 소금물도 아낌없이 대숲에 갖
다 부었다. 그래선지 대나무는 푸른 잎을 펼치고 키가 쑥쑥 자라 싱싱
함을 자랑했다. 대나무가 소금을 좋아한다는 걸 처음 알고 무척 신기한
생각이 들었다.

사람이나 식물이나 정성을 들이고 늘 보살펴야 잘 자란다고 하며, 큰
스님은 왕대나무 숲을 지날 때마다 애정 어린 눈빛을 보내셨다. 너무 촘
촘하게 자란다 싶으면 베어주고 다른 잡초들이 자라나지 않게 풀을 뽑
아주기도 했다. 대나무 숲에 유일하게 자라는 것은 머위였다. 그늘이라
그런지 크게 자라지는 않았다. 쓴 나물을 싫어하지만 어린 머위는 별로
쓰지 않아 이른 봄에 나오는 새싹으로 생절이를 해드리면 잘 드셨다.

봄이면 대숲의 여기저기서 죽순이 올라온다. 어디서 그런 힘이 샘솟
는 지 몰라도 하룻밤 사이에 불쑥 올라온 걸 보면 생명의 신비가 느껴
진다. 죽순껍질은 얼룩얼룩한 흑갈색의 반점이 있어 벗겨놓은 껍질을
버리기가 아까울 정도로 무늬가 멋있었다. 실제로 일본에서는 죽순껍

질을 가지고 고급양갱의 포장지로 쓰기도 하고 음식을 담는 상자를 만들기도 한다. 묘관음사에서는 죽순에서 벗긴 껍질을 바짝 말려 땔감으로 썼지만.

죽순이 나기 시작하면 그것을 재료로 해 여러 가지 요리를 만들었다. 들깨를 갈아 넣은 죽순 찜, 죽순 부침개, 죽순 잡채 등이다. 큰스님은 그 중에서 어린 죽순으로 부친 부침개를 즐겨 드셨다.

큰스님께 드리기위해 후원 보살님에게 배운 것을 적어본다. 죽순은 그냥 맹물에 삶으면 안 된다. 된장을 엷게 풀은 물에 삶아 내야 한다. 그래야만 죽순의 아리한 맛이 가시기 때문이다. 건져낸 죽순은 다시 맹물에 넣고 한나절 우려낸다. 죽순에 남아 있는 독한 성분을 없애기 위해서다. 부침개를 하려면 어리고 부드러운 죽순을 고른다. 뒷부분의 조금 도톰한 부분은 도마 위에다 칼등으로 통통 두드려 준다. 그런 다음 밀가루를 되직하게 풀어 부침개 반죽을 만든다. 이때 소금만 조금 넣어 간을 맞춘다. 죽순을 걸쭉한 반죽에 넣어 옷을 입힌다. 철판에 노릇하게 부쳐내면 맛있는 죽순부침개가 완성되는 것이다. 부침개는 초고추장과 먹어야 제 맛이 난다. 식성에 따라 초간장도 만들어 곁들여 낸다.

그런 여러 가지 과정을 거쳐 만든 부침개를 큰스님께 갖다 드리곤 했다. 큰스님은 죽순 부침개를 드실 때마다 '참말로 맛있다'를 연발하셨다.

살아 계신다면, 왕대 숲을 둘러보고 '올해도 바닷물을 부어줘야 되겠네'라며 혼잣말을 하시겠지.

법문하고 좌선하고 경책하며…

주장자

주장자는 연수목^{延壽木}이라는 나무로 만든다. 감태나무라는 학명을 가지고 있는 이 나무는 벼락을 맞으면 나무의 금속성분이 불에 탄다. 그렇게 탄 부분이 용의 눈처럼 여러 부분이 고르게 터져 나오기 때문에 용안목^{龍眼木}이라고도 부른다.

이전에는 천성산 내원사에 연수목이 많았다. 벼락을 맞은 연수목은 구하기가 어려워 장작불에 일부러 태워 껍질을 벗겨 만들었다. 큰스님은 내원사에서 태워서 만든 주장자를 몇 개 가지고 계셨다. 연수목 주장자 중에 모양이 좋고 굵은 것은 법문하실 때 사용하고, 가는 것은 좌선하는 좌복 옆에 두고 경책하실 때 쓰셨다. 이런 용도 외에 주장자는 때로 스승과 제자를 이어주는 상징적인 의미로 사제상승^{師弟相承}하기도 한다.

자연이 만들어내는 것이라 주장자 윗부분이 용머리처럼 생겼으면 좋으련만, 그런 모양을 한 나무를 좀처럼 만나기가 어려웠다. 큰스님이 가지고 있는 연수목주장자는 오래되어 길이 들어 보기 좋았지만, 용두주장자는 아니었다. 벼락에 의해 자연적으로 생겨난 용머리주장자는 좀처럼 구하기가 어려웠다. 좀 비슷하게 생긴 것은 가지고 있어도, 맘에 드는 것은 끝내 구하지 못하셨다.

그 사실을 듣고, 신도 한 분이 나무를 다듬어 용머리가 조각된 용두주장자를 큰스님에게 선물하였다. 너무 좋아하시며 며칠 동안은 손에서 놓지 않으셨다. 굵기가 일반 주장자보다 가늘고, 용머리도 크지 않고 작았지만, 큰스님은 대단히 만족스럽게 여기셨다.

용머리가 조각된 용두주장자는 선승의 권위를 상징하는 것이라서 선원에서는 귀한 대접을 받는다. 그러나 큰스님이 선물 받은 용두주장자는 위용이 약간 떨어져 법상에서는 쓰지 않으나 도량에서는 늘 짚고 다니면서 포행을 돌곤 하셨다.

예부터 용두주장자는 옆에 두면 신심이 깊어지고 마음을 바르게 하는 의미가 있다고 하시며 많이 애용했다고 전해진다.

얼마나 좋아하셨는지 가사장삼을 수하시고 의자에 앉아 용두주장자를 든 자세로 기념사진을 찍으셨다. 카메라로 찍은 것이라 별로 잘 나오지는 않았다. 월내 묘관음사에 모셔진 영정은 그 기념사진을 가지고 그린 것이다. 사진은 누가 간직하고 있는지 모르겠다.

육환장 짚고 가사장삼 위의 갖춘 채 탁발

육환장

큰스님은 오래된 육환장을 가지고 계셨다. 지팡이 위에 주석으로 만든 큰 고리 안에 여섯 개의 고리가 들어 있어 육환장이라 부른다. 고리 때문에 짚고 다니면 철컥철컥하는 소리가 나서 옛 스님들은 짐승이나 뱀이 해치는 것을 막는 호신용으로도 사용하였다. 불교정화 때는 모두 장삼을 입고 육환장을 짚고 다녔다고 한다. 당시는 불교정화를 하기 위한 자금이 모자라서 탁발을 많이 다녔다. 주로 부산의 범일동 시장일대를 한 바퀴 돌았다.

큰스님은 당시에 있었던 재미있는 에피소드를 들려주셨다. 불교정화를 위한 돈을 모으려고 큰스님들이 탁발을 나섰다. 가사장삼으로 위의를 갖추고 육환장을 짚으며 범일동 시장으로 간 것이다. 청담 큰스님, 성철 큰스님, 월산 큰스님, 향곡 큰스님 이 네 분이서 탁발행각에 나서니 큰스님들의 모습만 보고도 불자들은 신심을 내어 보시하였다.

큰스님들이 범일동 시장에 나타났다 하면 불교신도들은 기다렸다는 듯이 발우가 넘쳐나도록 돈을 드렸다. 네 분 다 키도 크고 법체도 좋을 뿐만 아니라 인물까지 훤해서 그 인기가 굉장했다. 시장 사람들이 큰스님들의 위용에 반해 너도나도 다투어 보시를 한 것이다. 전국에서 가장 탁발이 잘 되는 곳으로 범일동시장이 손꼽힌 것은 말할 필요도 없었다.

큰스님은 그때를 회고하며 "큰스님들께서는 염불 안 해도 좋으니 그저 시장을 한 바퀴만 더 돌아 주십시오."라고 원할 정도로 시장 사람들이 환희에 차서 보시를 했다고 하셨다. 하도 원하니까 시장을 두서너 바퀴 돈 적도 있다고 하시며 웃으셨다.

속인들이 스님을 볼 땐 겉모습만 보기 때문에 위의를 갖추는 것은 매우 중요한 일이다. 그러나 요즘 젊은 스님들은 너무 위의를 갖추지 않고 다닌다고 일침을 놓았다. 불교정화 때는 '항상 가사장삼을 수하고 다녔었는데' 라며 말꼬리를 흐리셨다. 절에서 일할 때는 몰라도 밖에 다닐 적엔 될 수 있으면 단정하게 위의를 갖추고 언행도 조심해야 한다고 주의를 주셨다. 큰스님은 항상 두루마기를 입고 다니시고 저고리 바람으로 어디를 다닌 적이 한 번도 없으셨다.

불교정화 이후로는 스님들이 육환장을 가지고 다니지 않는다. 육환장을 짚고 다니는 스님들이 점점 줄어지더니 이제는 짚고 다니는 스님들이 거의 없어졌다. 큰스님도 평소에는 다락에 두고 사용하지 않았으나, 생각이 나시면 한 번씩 꺼내 도량을 포행 할 때 쓰셨다. 철컥거리는 육환장소리가 들리면 큰스님이 포행 도는 것을 알게 돼 선방스님들은 정신이 버쩍 든다고 말했다. 곁에 계시지 않지만 육환장소리만 듣고도 공부 열심히 하라는 경책으로 들린 것이다.

지금도 어디선가 육환장을 철컥거리며 큰스님이 나타나실 것만 같다. '이놈들아, 졸지 말고 부지런히 정진에 힘써야 한다'고 하시며….

성철 큰스님과의 탁마

성철 스님께서는 6 · 25 한국동란을 월내 묘관음사에서 맞이했다. 성철 스님이 '전쟁 중 비상식량으로는 곶감이 제일' 이라고 말씀하셔서 그해 가을에 대중들이 감을 깎는 울력을 해서 곶감을 엄청 많이 만들었다. 월내는 남쪽 해변이라서 겨울에도 포근한 곳이다. 그런 날씨여서 나중에는 말라 비틀어져 딱딱해져 버렸다. 얼었다 녹기를 반복해야 곶감이 말랑해져 먹기 좋다. 하지만 바짝 말라버려 먹느라고 애를 먹었다고 한다. 당시는 보관할 수 있는 좋은 용기나 냉장고 같은 것도 없어 그냥 두어 그렇게 된 모양이었다.

아무리 따뜻한 곳이라 하여도 겨울은 역시 춥다. 그해 겨울은 다른 해보다 유난히도 추웠다. 두 분이 공부에 대해 법담을 하다가 무슨 일인지 몰라도 화가 난 사람처럼 서로 멱살을 잡고 겨울 바닷가로 나간 것이다. 온 대중들이 어쩔 줄 몰라 허둥대었다. 그러나 아무도 따라오지 말라고 서슬이 퍼래서 야단치니 아무도 꼼짝할 수 없었다.

바닷가에 도착하자마자 향곡 스님과 성철 스님은 서로 엎치락뒤치락하며 머리를 잡아 바닷물에 집어 놓고 "일러라, 일러라, 못 이르면 물에 처넣어버릴 거다"라며 연신 재촉했다. 젊은 시절이어서 두 분 다 기운이 장사여서 바닷물에 들어가 난리가 벌어진 것이다. 두 분은 절친한 도반이었지만, 공부하는데 있어서는 털끝만큼의 인정도 허락하지 않으셨다. 그 모습을 본 월내 바닷가 사람들은 큰 난리가 난 줄 알고 겁이 났다고 한다. 싸움질하다가 물에 빠진 줄 알고 말이다. 당시의 일을 기억하는 동네 사람의 말이었다.

절로 돌아왔을 때 두 분의 광목장삼은 바닷물에 젖어 엉망진창이 된 것은 말할 것도 없었다. 게다가 겨울이어서 장삼이 뻣뻣하게 얼어붙었으니 오죽했으랴 싶다. 두 분은 그렇게 공부를 위해 서로 번갈아 탁마를 거듭하며 정진에 매진하였던 것이다. 그러한 탁마가 서로에게 없었다면, 오늘날 한국을 대표하는 훌륭한 선지식이 될 수 없었으리라. 서로 공부를 위해선 생사를 두려워하지 않았던 것이다. 그런 도반이라야 진정한 도반이라고 일컬을 수 있지 않을까.

묘관음사에는 길상선원과 법당사이에 우물이 하나 있다. 예전엔 식수로 썼으나 수도가 생긴 이후로 별로 쓸모가 없어졌다. 그러나 여름에는 물이 시원해 스님들이 한여름 더위를 이기려고 가끔 등목을 감았다. 내가 시자로 있던 당시까지도 두레박을 사용해 물을 길었다.

그 우물이 새롭게 단장을 하였다. 큰 돌에다가 탁마정琢磨井이라 새겨

우물덮개를 해놓았다. 성철 스님과 향곡 스님이 서로 탁마하며 마시던 우물이어서다. 설명이라도 몇 자 적어놓으면 더욱 좋으련만. 후래에 누군가가 와서 보고 향곡선사와 성철선사를 떠올리며 '우리도 그분들처럼 탁마하며 정진하리라'는 다짐을 할 수 있도록.

얼마나 도반이 그리우면 그러실까

보고 싶어라! 가고 싶어라!

어느 날, 밖에서 마당을 쓸고 있을 때였다. 큰스님 방에서 말소리가 들렸다. 손님이 오신 것도 아닌데 이상하다 싶어 살그머니 안으로 들어갔다. 가만히 귀를 기울이자 큰스님께서 혼잣말을 하고 계셨다. 문을 살짝 열고 들여다보니, 벽 쪽을 보고 앉아 이렇게 중얼거리셨다.

"보고 지바라(싶어라), 보고 지바라, 성철이가 보고 지바라. 가고 지바라, 가고 지바라, 해인사로 가고 지바라."

똑같은 말을 주문을 외우듯이 되풀이하고 계셨다. 나는 그 광경을 보고 너무나도 놀라 말문이 막혔다. 얼마나 도반이 그리우면 벽에다 대고 저런 소리를 하실까 생각하니 눈물이 저절로 핑 돌았다. 사정을 모르는 사람이 보면 정신 나간 사람이라고 이상하게 여겼을 성싶다.

말년의 큰스님은 태어난 고향을 그리워하고 도반을 그리워하셨다. 고향은 가끔 들르러 가셨지만, 해인사로 가는 것은 성철 큰스님에게 누가 되고 사중에도 폐를 끼치게 될까 봐 가시는 것을 자제하셨다 . 더욱이나 결제 철에는 가고 싶어도 참으셨다.

1977년 큰스님이 해인사 백련암에 가셔서 성철 큰스님과 찍은 사진이 있다. 돌아가시기 1년 전이다. 불교신문에 난 것을 오려 액자에 넣어두었으나 시간이 지나니 누렇게 바랬다. 백련암에 있는 불면암 바위 앞에 나란히 서서 찍은 사진이다. 두 분 다 잔잔한 미소를 띤 걸 보아 오랜만에 만나 그간 하지 못한 이야기를 하면서 회포를 풀은 성싶다.

사진을 볼 적마다 두 분이 무슨 법담을 나누었을까 궁금해진다. 얼마나 벼르고 또 별러서 간 해인사인가. 큰스님 말을 빌리면 '부처의 세계는 부처만 알고 도인의 세계는 도인만 안다'고 하셨다. 말해 주더라도 중생인 나는 모를 게 뻔하지만 그래도 궁금증은 가시지 않는다.

평소에 이런 말씀을 가끔 하셨다.

"공부이야기는 성철 스님하고 제일 잘 통하지. 다른 이 하고는 말이 잘 통하지 않아 답답하기만 해. 성철 스님은 글도 좋은데다가 책도 많이 읽어 유식하시지. 도인이 되더라도 글이 좋아야 돼. 중생교화하기가 훨씬 나아. 나는 우리 스님이 돈이 없어 강원에 안 보내서 아무래도 글이 짧아. 성철 스님처럼 말이나 글이나 유창하지 않아 부러울 때가 있어."

또 이런 말씀도 하셨다.

"성철 스님하고는 밤새도록 얘기해도 다 못하고 올 정도로 서로 할 말이 많지. 가고 싶어도 내가 참지. 자꾸 가면 대중한테 미안해서 자주 못가."

그런 심정이니 그리운 도반을 자주 못 보는 한풀이를 벽에다 대고 하신 듯하다. 나는 큰스님이 눈치채지 못하도록 문을 살그머니 닫고 나왔다. 마당을 다시 쓸려고 나왔으나 빗자루를 제자리에 갖다 두고 쓸지 않았다. 넋 나간 사람처럼 한참 동안 멍하니 하늘만 바라보았다. 눈물이 쏟아지려고 해서다.

제6장

성철 스님과 나란히 누워

"절만 크게 지으면 뭘 하나?"

불사란

곳곳에서 불사를 한다고 절을 크게 늘리거나 새로 짓는 곳이 많이 생겼다. 이런 불사에 대해 큰스님은 부정적이었다. 부처님이 계시는 적멸궁을 아름답게 장엄하고 크게 짓는 것은 좋으나 너무 지나쳐서 도를 넘기 때문에 불교의 앞날을 걱정하셨다.

"불사라는 건 부처를 만드는 일이다. 들어와 살 스님들도 없는데 절만 크게 지으면 뭘 하나. 절에서는 스님들뿐만 아니라 사부대중들이 정진에 몰두해서 깨달음을 얻게 하도록 보필하는 일이 제일가는 불사야. 시줏돈 받아 절만 크게 짓는 것이 불사라고 생각하는 것은 어리석은 일이야"라고 큰스님은 늘 말씀하셨다.

당시엔 그 말씀을 그리 심각하게 받아들이지 않았다. 그러나 날이 가면 갈수록 그 말씀이 정말로 뼈저리게 느껴진다. 앞으로 다가올 현실을 직시하고 하신 말씀이건만, 지금도 그 말씀을 새겨듣고 실천하는 이가 드물어 안쓰럽다. 화려해지고 커져만 가는 지금의 대작불사는 정말로 누구를 위한 불사인가. 아무리 절을 크게 지어놓아도 대중이 운집하지 않으면 아무 소용이 없지 않은가. 큰스님은 앞날을 내다보고 그 점을 걱정하신 것이다. 큰스님 말씀대로 공부하는 일에 정성을 들이고 깨달음을 얻는 부처 만드는 불사에 동참하는 길만이 스님들이 나아갈 길이 아닌가 싶다.

월내 묘관음사는 자그맣고 아담한 절이다. 큰스님은 도량에 맞도록 절을 크게 짓지 않았다. 길상선원만 하더라도 규모가 매우 작아 대중들이 많이 살지 못했다. 사부대중이 무릎을 맞대고 정진할 정도지만 누구도 불평 한마디 하는 이가 없이 잘 살았다. 처음 오는 이들은 절이 생각보다 작다고 다 놀랜다. 큰스님이 계신 곳이라 넓고 큰 대웅전을 상상하고 왔다가 더러는 실망하고 가는 이도 있다. 절은 그 환경에 맞게 적당하게 지어야 할 것 같다. 그런 면에서 묘관음사는 크지도 작지도 않고 딱 알맞게 건물들이 배치되어 있는 절인 성싶다.

사부대중이 큰방에서 어울려 살았지만, 기라성 같은 대덕스님들이 길상선원을 거쳐 가셨다. 그만큼 선방분위기가 공부모드로 조성되어 있었기 때문이 아니겠는가. 모든 게 잘 갖추어져 있고 절이 크고 좋고 정진이 잘 되는 것은 아닌 듯싶다. 큰스님의 뜻을 본받아 현재 주지로 있는 서강 스님은 더 늘리지 않고 잘살고 있어 고마운 생각이 든다. 큰스님 손상좌로 큰스님 뜻을 잘 알고 직분을 잘 지키고 있어서다.

옛 스님들은 그 산세나 도량에 맞춰 건물들을 잘 안배하였다. 그런데 지금은 어떠한가. 도량 안에 집이 빼꼭하니 들어서 있어 숨 쉴 여유조차 없이 갑갑하다. 앞서 가신 스님들이 잘해 놓은 것을 무시하고 크게만 지으면 좋은 줄 안다. 정말로 큰스님 말씀대로 불사佛事의 의의를 다시금 되새겨야 할 것 같다.

묘관음사 불자

불자拂子를 들고 찍은 큰스님의 카메라 사진 한 장을 들여다본다. 그것은 건강이 좋지 않은 말년에 찍은 것이어서 볼 때마다 마음이 무겁다. 컬러사진이기는 하나 큰스님 연세보다 들어 보였다. 그나마 다른 사진이 없어 나중에 그 사진으로 큰스님의 영정을 그렸다. 번듯한 사진관에서 잘 찍어 놓은 것이 없어서였다. 당시 큰스님이 주석하셨던 묘관음사는 살림살이가 그만큼 어려웠다. 젊었을 때 사진은 있지만, 40대에 찍은 것이라 너무 젊어 영정으로 그리기엔 적당치 않아 어쩔수가 없었다.

큰스님은 조실방 한쪽 벽에 불자를 걸어 두고 계셨다. 불자는 본 적이 없는 터라 뭐할 때 쓰는 건지 매우 궁금했다. 늘 그 자리에 있기만 하고 큰스님이 쓰는 걸 본 적이 없어 어느 날 큰스님께 여쭈어보았다.

"아 불자 말이가. 우리 스님인 운봉선사로부터 물려받은 기라. 우리

스님은 혜월선사한테서 물려받았고. 말하자면 사제상승師弟相承 해가지고 내려온 물건이지. 전법傳法의 증표證票라 캐야 되나."

큰스님의 말씀을 듣고, 불자라는 불구佛具가 굉장히 중요한 것이라는 걸 알았다.

덧붙여서 자세히 설명하면, 처음 이 불자를 가지고 계셨던 분은 혜월 혜명慧月慧明(1862~1927)선사이시고, 혜월선사는 법제자인 운봉성수雲峰性粹(1889~1946)선사에게 이 불자를 전하시고, 운봉선사는 법제자인 향곡혜림香谷慧林(1912~1978)선사에게 전법의 증표로 이 불자를 전하신 것이다. 불자는 불拂 또는 불진拂塵이라고도 부른다. 본래는 먼지를 터는 도구이다. 나중에 수행자가 마음의 티끌과 번뇌를 털어내는 상징적 의미의 불교용구가 되었다. 지금은 큰스님이 갖고 계셨던 불자가 부산문화재자료 제46호로 지정되었고 지정일은 2008년 9월 11일이다. 현재 월내 묘관음사에서 보관하고 있다.

문화재청의 검색창에 나와 있는 설명을 일부만 적어보겠다.

묘관음사 불자는 짐승의 흰 털을 유제鍮製의 줄로 촘촘히 엮은 것으로 털이 빠지지 않게 세 벌로 엮어 수공이 뛰어나다. 나무의 막대는 장식이 없으나 손잡이 부분에 도포 띠와 같은 수술을 매어 장식하였다.

혜명慧明(혜월선사의 법호法號)의 유품으로 수사자의 갈기털이라고 하나 확인할 수는 없다.

이 불자는 조선 말기에서 일제강점기 사이에 제작된 것으로 보이는 유물이나 공예적 수법이 우수하며 소장연기가 명확하고 보존상태가 양호할 뿐 아니라, 또한 수장자의 전법관계를 알 수 있고 현재 남아 있는 예가 드문 문화재이다.

큰스님은 가고 계시지 않지만, 사진 속의 유품을 보는 것만으로도 큰스님을 뵌 듯하다. 큰스님이 계실 적에는 늘 보던 불자였지만, 안 계시니 더욱 간절해진다. 월내 묘관음사에 가면 불자를 꼭 친견해야겠다.

정성스레 제수 장만하는 스님의 효심

운봉선사 기일

운봉선사의 기일은 음력으로 2월 30일 그믐날이다. 그러나 그믐이 29일까지일 때는 29일에 기제를 모시고 30일일 때는 30일에 기제를 모신다. 큰스님께서는 살아생전에 늘 이렇게 말씀을 하셨다.

"내가 죽거들랑 내 기일에는 안 와도 우리 스님 기일에는 빠지지 말고 꼭 참석하거레이. 알았나."

"예. 큰스님."

대답은 찰떡같이 했지만 꼭 가게 되지 않았다. 약속을 못 지켜 그저 죄송할 따름이다.

2월 그믐께는 쑥이 조금씩 얼굴을 내밀기 시작한다. 월내는 따뜻한 곳이어서 다른 지방보다 쑥이 빨리 나온다. 보송보송하게 솜털이 하얗게 붙은 어린 쑥을 캐와서 대중 스님들이 모여 쑥굴레를 정성스레 만든다. 큰스님은 대중들이 둘러앉아 떡을 만드는 것을 바라보며 매우 흐뭇해 하셨다. 운봉선사의 기일에는 연례행사처럼 언제나 쑥굴레를 빚어 영각에 모셔져 있는 운봉선사의 영정에 공양을 올렸다.

쑥굴레는 손이 많이 가는 떡이다. 우선 팥을 거피해서 하얀 고물을 만든다. 쑥은 살짝 삶아 꼭 짜놓는다. 찹쌀과 쑥을 함께 넣어 방앗간에 가서 빻아 쪄온다. 덩어리가 된 쑥떡을 엄지 손마디만큼 떼어 흰 팥고 물을 듬뿍 묻혀 손으로 꼭꼭 뭉쳐서 낸다. 쥐어내면 하얀 고물사이로 연녹색의 쑥색깔이 간간히 보여 보는 것만으로도 입맛을 돋우는 떡이 다. 먹을 때 조청이나 꿀에 찍어 먹으면 말 그대로 천하의 일미이다. 큰 스님은 떡 중에서 특히 쑥굴레를 좋아하셨다. 봄이 오면 쑥이 보드라울 때 뜯어 만들어 드리곤 하였다. 한입에 쏙 들어가는 쑥굴레를 맛있게 드시던 모습이 눈에 선하다.

해마다 운봉선사의 기일에는 큰스님이 이것저것 직접 참견하셨다. 장 보는 것에서부터 영각에 올리는 공양물까지 일일이 점검했다. 아직 봄이라고 하기엔 이른 시기여서 과일의 종류가 적었다. 그 대신 수입과 일인 네블 오렌지, 파인애플, 바나나 등 비싼 과일을 많이 사서 아낌없 이 올리도록 했다. 지금이야 수입 과일이 흔하지만, 당시는 아무나 사 먹을 수 있는 것이 아니었다.

월내는 바다가 가까운 곳이라 운봉선사 기일에는 서실, 가시리, 오해 족이라 불리는 청각 비슷한 해초, 돌김, 돌미역 등도 등장한다. 이것들 은 모두 자연산이어서 손에 넣기 어려워 채취하는 사람들에게 미리 부 탁을 해서 구하거나, 아니면 가까이 있는 좌천 장날에 가서 사오기도

했다. 이런 해초들은 따뜻한 봄이 되면 나오지 않아 추운 시기가 지나면 먹을 수 없는 귀한 것들이었다. 운봉선사의 기일이라야 특별히 맛볼 수 있는 특식인 셈이다. 정성스럽게 제수를 장만해서 공양을 올리시는 큰스님의 효심은 정말로 대단했다. 옆에서 보기만 해도 감동이 와 닿는다. 정말로 어른을 향한 향심은 누구도 따라갈 수 없으리라.

큰스님은 깨달음을 일찍 얻을 수 있었던 것은 '스승님의 은혜'라고 늘 말씀을 하셨다. 또한 '스승 없이 혼자 공부해 깨달음을 얻었다'고 말하는 사람의 말은 절대로 믿고 의지하면 안 된다고 강조하셨다. 다른 공부도 그러하겠지만, 참선수행에 있어 가장 중요한 것은 훌륭한 선지식을 만나는 것이라는 걸 일깨워 주는 말씀이다. 정말 바른 선지식을 만나야만 바른길을 갈 수 있다. 큰스님 말씀처럼 바른 스승을 만나는 인연이 얼마나 소중한가를 새삼 느낀다.

2017. 재혁.

시자가 도토리묵 요리도 못하나

도토리묵

큰스님 생신은 음력 정월 열 여드렛날이다. 그날은 해제한 뒤여서 제 방에서 운수납자雲水衲子들이 구름이 몰려오듯 묘관음사로 모인다. 운수 납자라는 말은 구름처럼 물처럼 다니며 누덕누덕 기워 입은 누더기 입 고 정진하는 스님들을 일컫는 말이다. 선방에서 오는 스님들은 차비를 겨우 마련해 스님을 뵈러 온다. 한편 절을 가진 주지 스님들이나 각 선 방에서는 형편대로 물건을 가지고 오는 경우가 많았다. 어려운 시절이 어서 지금처럼 금전이 오가는 시절이 아니었다.

지리산 대원사 비구니 선방에서 도토리묵을 쑤어 가지고 왔다. 큰스 님 몫으로 따로 갖고 와 맛있게 해드리라고 한다. 도토리묵을 어떻게 요리해야 할지 몰라 선배 스님에게 물었다. 문제는 물어본 것이 화근이 었다.

"도토리묵을 어떻게 해야 맛있을까요?"

돌아오는 대답은 의외였다.

"그래, 시자가 도토리묵도 요리할 줄 모르나. 모르면 시자를 살지 말아야지."

뜻밖의 대답에 화가 났지만 참고 다시 물었다.

"가르쳐 주세요, 한 번도 해보지 않아 가르쳐주시면 잘 만들려고요."

"몰라, 네가 알아서 해라."

그 말에 밑바닥에 깔려있던 화가 머리끝까지 올라왔다. 마음속으로만 생각하고 입으로는 말하지 말았어야 했다. 참지 못해 언성을 높이는 것도 모자라 맞대꾸를 해버렸다. 하늘 같은 선배에게 대들었으니 그 뒤는 말하지 않아도 뻔했다. 말하자면 하극상下剋上이 벌어진 셈이다.

큰스님 귀에까지 말이 들어갔으니 보따리를 싸서 갈 각오를 단단히 하고 있었다. 그러나 큰스님은 그 일에 대해 아예 모르는 척하시고 한마디도 안 하셨다. 그때 큰스님은 왜 아무 말씀도 안 하셨을까 늘 가슴속에 묻어두고 생각했다. 아마 야단을 쳐봐야 소용이 없을 거라고 생각하셨을 것 같다. 아니면 덜 익은 감은 아무리 찔러도 홍시도 안 되는 것처럼 저절로 익을 때까지 기다려보자고 생각하셨을까. 돌이켜보면 부끄럽기 짝이 없는 행동이었다. 지금이야 옛이야기로 웃어넘길 정도로 선배와의 사이가 다 풀어졌으니 그런 다행이 없다. 세월이 지나면서 서로 이해하게 된 것이다.

이젠 도토리묵을 잘 만든다. 먼저 묵을 먹기 좋게 채 친다. 버섯, 다시마, 무 등으로 다시 국물을 우려낸다. 뜨거운 국물로 채 친 묵을 한 번 헹군다. 펄펄 끓는 다시국물을 자작자작하게 붓는다. 양념간장을 만들어 묵 위에 조금 올린다. 식성에 따라 김이나 깻잎, 당근, 버섯 등을 채 썰어 고명으로 얹어내면 맛있는 도토리묵이 완성되는 것이다.

큰스님은 국물이 자작한 도토리묵을 좋아해 여름엔 시원하게, 겨울엔 따끈한 다시국물을 부어 양념을 쳐 드리면 후루룩후루룩 잘도 드셨다. 그땐 솜씨가 없어 종종 퇴짜를 맞았지만, 지금이라면 자신이 있다. 그러나 큰스님이 계시지 않아 해드릴 수가 없으니….

노신도님들과의 대화

월내 묘관음사는 바닷가의 작은 마을에 위치하고 있다. 오는 신도들 중에는 연세든 동네 분들이 많은 편이다. 큰스님은 그런 노 신도님들과 자주 대화를 나눴다. 다른 큰스님들처럼 사람을 잘 안 만난다거나 중간에서 시자가 통제를 해서 못 만나게 하는 일은 일체 없었다. 누구라도 오면 스스럼없이 만나주셨다.

그러나 만나기 싫은 사람이 없는 건 아니다. 파출소 순경, 면사무소나 동사무소서 나온 직원들은 안 만나려고 한다. 문틈으로 내다보고 손을 내저으며 "없다 해라, 알았제"라며 벌벌 떠신다. 정말로 희극의 한 장면 같은 연출이다. 죄지은 것도 없는데 왜 그러는지 도저히 알 수가 없는 행동이었다. 일제강점기 시절에 시골 순경이나 면사무소 관리들이 으스대며 나쁜 짓을 많이 한 걸 보고 지레 겁을 먹고 그러시는 것 같았다. 큰스님이 어릴 때 살았던 시골 마을에선 순경이나 관리들이 벼슬

이랍시고 꽤나 거들먹거리며 설쳐댄 듯싶다. 그런 안 좋은 기억 때문에 도통 만나기 싫어하셨다.

노인들이 오면 누구라도 반겼다. 시원찮은 다리로 큰스님이 계신 조실채로 헐떡거리며 올라와 숨을 몰아쉬며 노 보살들이 올라온다. 그 소리를 듣고 큰스님은 방에서 얼른 나와 맞이해주신다.

"아이고, 올라오느라 힘들었지요. 잘 오셨심더."

그런 다음에는 조실 방에 앉아 일상적인 대화를 나눈다. 주로 자식들의 이야기이다.

"올개 나가 밎살 되능교(올해 나이가 몇이 됩니까)."

"인자 간당(딱) 팔십임더."

"그래, 서울있다카는 아들은 요새 잘 있는교."

"아이고, 큰스님요 말도 마이소. 갸가(그 아이가) 요새 건강이 안 좋심더."

"거 참 안 됐네."

이런 이야기로부터 시시콜콜한 대화를 주거니 받거니 하는 걸 즐기셨다. 처음 오는 분이 오면 대화가 달라진다. 고향이 어디고 성씨는 뭐며 본은 어디 인가에서부터 자제분은 몇이며 집안 살림은 어떠한지 등등 여느 시골 노인들의 대화와 다를 바가 없다. 그야말로 일상적인 평범한 이야기를 서로 나눈다.

비슷한 연배의 남자 신도님들이 오면 이야기는 더 활발해진다. 건강 문제로부터 시사 문제까지 다양하다. 흔히 시골의 정자나무 아래 동네 어른들이 모여 앉아 서로 이러니저러니 말을 주고받는 풍경과 흡사하다. 혹자는 이런 큰스님의 행동에 대해 흉을 보기도 한다. 체신 없이 아무나 하고 말을 나눈다고 말이다. 그러나 그건 잘못된 생각이다.

동사섭同事攝을 하는 평등한 자리라는 것을 이해하지 못하고 하는 말들이다. 소탈하지만, 부끄러움을 동시에 갖추고 있는 큰스님이라 비슷한 연세의 나이 든 분들과는 편하게 이야기를 나눌 수 있어 마음 놓고 대하는 것 같다.

일반 신도들은 큰스님 앞에서 조심스러워 말도 제대로 하지 못하거나 주춤거리며 할 말을 잘하지 못하기 때문에 불편한 경우가 많다. 그에 비해 노인들은 동시대인으로 세대 격차도 없다. 서로 동질감을 느껴 대화하기가 불편하지 않아 그런 이들과 이야기 나누는 걸 좋아하신 듯하다. 절에서뿐만 아니라 어디를 가셔도 마찬가지였다. 자가용이 없어 대중교통을 많이 이용하셨는데 버스나 기차 안에서도 옆자리에 연세 든 분이 앉아 있으면 남녀를 불문하고 담소를 잘 나누셨다.

큰스님은 시골 할아버지 같은 인상을 풍겨서 그런지 상대방도 흉허물 없이 이야기를 나누곤 하였다. 손을 이리저리 휘저으며 이야기하는 모습을 지금이라도 어디선가 뵐 듯하다.

큰 몸짓으로 손을 내저으며 앉아 있는 큰스님 사진이 하나 있다. 다른 큰스님들과 찍은 사진으로 선방뿐만 아니라 여기저기 많이 유포되었다. 서옹 큰스님, 성철 큰스님, 월산 큰스님, 향곡 큰스님, 그리고 그 당시 주지를 살았던 현경 스님, 이렇게 다섯 분이 해인사 큰방에 앉아 있는 사진이다. 그 사진 속의 스님들은 아쉽게도 다 고인이 되셨다. 평시에도 누구랑 이야기할 적이면 온몸으로 하신다. 그런 모습이 가장 잘 나타나 있는 사진으로 유일하게 남아 있다. 들은 이야기로는 그때 성철 큰스님 시자를 살았던 원택 스님이 찍은 사진이라고 들었다.

안티프라민의 효과

큰스님은 비구니 선방을 많이 가셨다. 잘 모르는 이들은 비구니들을 좋아해서 그렇다는 둥, 아니면 비구들을 겁내서 비구니 선방만 찾아다 닌다는 둥 제멋대로 입방아를 찧어댔다. 그건 정말로 잘못된 생각이다.

그 연유는 이러하다. 큰스님은 천성산 내원사에서 출가하셨다. 출가 본사인 내원사를 정말로 좋아해 고향집 드나들듯 했다. 또한 전법 스승이신 운봉선사를 친견해 초발심을 내어 공부의 힘을 얻은 곳이어서 더더욱 좋아하신 성싶다. 그런 곳이라 시간만 나면 내원사를 가고 싶어 했고 말년에는 특히 많이 가셨다.

그런 연유도 있지만, 처음으로 천성산을 올라갈 때 보았던 아름다운 정경을 언제나 마음속에 담아두고 잊지 못하신 것도 그 하나이다. 신선들이나 도인들만이 사는 비경이라고 생각했던 것이다. 천상이 이보다 더 좋을 수 없으리라는 생각을 했으니까. 내원사에 처음 들어갔을 때

뛸 듯이 기뻐 어디에다 비할 수 없을 정도로 환희에 찼다고 한다. 그런 기억을 안고 계시기에 옛날을 더듬으러 자주 가시게 된 것이다.

큰스님이 가시면 대중들은 일이 많아지기 마련이다. 내원사 사중에서 싫어하는 눈치를 보인 것도 사실이다. 그러거나 말거나 큰스님의 내원사 사랑은 처음부터 끝까지 변함이 없었다. 예전엔 비구 선방이었으나 불교정화 이후로 수옥 스님이 주지로 들어가 비구니 선방으로 다시 거듭났다. 비구니 선방으로 바뀐 뒤에도 자주 가시다보니 비구니들과 가까워지고 다른 비구니 선방에도 자연스레 가시게 된 것이다.

큰스님은 비구들에게는 경책을 엄하게 하셨으나 비구니들에게는 그리 심하게 하지 않았다. 비구들에 비해 살살 때리지만, 비구니 스님들은 매우 아파했다. 이럴 때 안티프라민은 만병통치약 역할을 한다. 큰스님께서 선방에 들어와 경책을 하고 가신 뒤면 이 연고가 대활약을 한다. 큰스님은 경책을 하실 때 인정사정도 없이 장군죽비를 내려치기 때문에 한 번 맞았다 하면 멍이 시퍼렇게 들기 때문이다.

장군죽비는 일반 죽비보다 두 배 더 길고 크기도 크다. 주로 대나무를 다듬어 만든다. 좌선 중에 졸거나 자세가 좋지 않으면 잠도 깨우고 앉음새를 바로잡아 주기 위해 때리는 역할을 하는 '불구'다. 맞으면 아프기도 하지만 소리가 크게 울리기 때문에 맞는 사람은 물론 대중들도 잠에서 깨어나거나 정신을 차리게 되는 효과를 가져다준다.

큰스님의 장군죽비는 맞았다하면 정신이 번쩍 들도록 아프다. 특별한 약도 없던 시절이라 너도나도 맞은 부분에 안티프라민을 꺼내 발라 사방이 그 냄새로 가득 찬다. 그뿐만 아니다. 손이 터도, 상처가 나도, 불에 데어도, 벌레에 물려도 안티프라민 하나로 해결을 하던 때이다. 그러고 보니 벌써 40여 년도 지난 일들이다.

큰스님께서 경책을 하신 날은 온 도량에 안티프라민 냄새가 진동을 했지만 그 시절이 그립다고 이구동성으로 말한다. 맞아서 아프지만 그때만큼 정진을 하려고 애쓴 적이 없었다며 선배 스님들은 저마다 그 당시를 떠올린다. 그렇게 엄한 경책을 내리던 큰스님은 가고 안 계신다. 장군죽비로 엄하게 때려 줄 큰스님이 더욱더 간절하게 그리워지는 요즘이다.

임랑 바닷가

큰스님이 계셨던 묘관음사는 바다가 가깝다. 절에서 나와 철길만 건너면 임랑이라는 아름다운 이름을 가진 바닷가가 나온다. 이름 그대로 해송이 숲을 이루고 물 맑은 동해바다의 물결이 춤추는 곳이다.

이전에는 낮에만 바닷가를 거닐 수 있고, 어두워지면 접근이 금지되어 있었다. 군사지역이여서 밤에는 아무도 얼씬거리지 못하게 했다. 조용한 갯마을이지만, 바닷가를 지키느라 언덕에는 군인들이 포진하고 있고 인적이 드문 쪽으로는 철조망이 둘러져 있어 조금은 살벌한 분위기를 자아내었다. 한 번은 뭣 모르고 밤바다에 나갔다가 군인들이 쫓아와 혼이 난 뒤로 두 번 다시 밤바다에 가지 않았다.

큰스님은 바다를 좋아해 낮에 가끔 바닷가로 나가 산책을 하셨다. 모래사장이 보기보다 제법 길어 왕복으로 한 시간쯤 걸리는 코스이다. 임랑 앞바다에는 미역양식을 많이 한다. 동네 사람들은 미역을 손질하다가 큰스님을 보면 스스럼없이 눈인사를 나눈 뒤, 언제나 그렇듯 생미역을 뚝 떼어 큰스님께 드린다. 마다 않고 받아 질겅질겅 맛있게 씹으며 포행을 하셨다.

때로는 모래사장에 어린애처럼 철퍼덕 주저앉아 편한 자세로 한참 동안 바다를 바라보곤 하셨다. 나도 큰스님 옆에 앉아 같이 보았지만 서로 보는 관점은 천양지차天壤之差였으리라. 큰스님이 보신 바다는 어떤 바다였을까. 큰스님께서 늘 하시는 말씀 중에 '도인의 세계는 도인만 알고 부처의 세계는 부처만 안다'고 했으니 그 깊은 뜻을 어찌 헤아릴 수 있으리오.

모래사장에서 월내 쪽으로 조금 걸어가면 용소바위가 보인다. 용소바위가 있는 절벽 위에서 내려다보면 시퍼런 바닷물이 절벽의 틈사이로 철썩거리며 밀려들어왔다 도로 나가는 게 보인다. 성철 큰스님과 향곡 큰스님이 자주 가셨던 장소이다. 두 분이 걸터앉아 서로 법담을 나누기도 하고 바위에 누워 공부 이야기로 시간 가는 줄 모르고 계셨던 자리이기도 하다. 자주 가시다 보니 두 분이 용소바위에 앉아있으면 동네 분들은 으레 또 참선하러 오셨는가보다고 여겼다. 이렇듯 용소바위는 두 분이 단골로 다니시며 탁마하시던 곳이다.

하양 향림사 묘혜 스님은 당시의 이야기를 이렇게 들려주었다. '내가 어릴 때 보면, 성철 큰스님은 용소바위에 앉아 절벽 아래 흐르는 바닷물을 뚫어지게 쳐다보고 있고 향곡 큰스님은 편안하게 누워 하늘을 바라보고 있었다'고 했다. 두 큰스님의 개성이 그대로 드러나는 모습인 성싶다. 일전에 월내 묘관음사에 들러 임랑 바닷가에 가 보았다. 한적하던 갯마을은 많은 건물이 들어서 옛 모습을 찾을 길이 없었다. 용소 바위가 있던 자리도 어딘지 찾지 못할 정도로 주위가 변했다. 건물이 앞을 가리고 있어 겨우 찾아내었으나 기차 시간이 촉박해 아쉬움을 남긴 채 발길을 돌렸다.

출타 전 TV상자 열쇠 감추는 큰스님

열쇠 감추기

혼자 출타하시게 되면 큰스님에게 고민거리가 생긴다. 텔레비전 열쇠를 어디다 감추어야 될지를 궁리하시는 일이다. 조실채는 묘관음사에서 유일하게 TV가 있는 곳이다. 당시엔 아직 흑백으로 한 마을에 한 대밖에 없던 시절이다. 그런 귀한 물건이라 안 볼 때는 잠그고 다녔다. 도둑맞을 걸 염려해서가 아니다. 당신이 없을 때 내가 공부는 안 하고 텔레비전만 볼까 봐 단단히 채워놓고 나가시곤 하셨다.

텔레비전은 상자 안에 들어 있어 볼 때는 상자 문을 열어놓고 보곤 하였다. 네 다리가 달린 상자로 살 때부터 달려온 듯하다. 문을 열면 도르르 안쪽으로 말려 들어가고 닫으면 문짝이 도로 펴져서 나오는 신기한 문짝이었다. 지금 생각해보면 먼 옛날이야기 속의 물건인 양 여겨진다.

큰스님은 TV 보는 것을 즐기지는 않으셨다. 연속극은 연파 스님이 나오는 '연화'라는 드라마를 유일하게 보신 편이다. 그다음으로 동물이 나오는 다큐멘터리나 뉴스 등을 보시고 다른 건 별로 관심이 없었다.

그러나 나는 아직 삭발물이 덜 마른 새내기 중이라 텔레비전 보는 것을 좋아해 큰스님이 안 계시면 틈만 나면 열어놓고 보았다. 내가 너무나 푹 빠져서 보는 걸 알고 출타하시면 꼭 잠그고 나가셨다. 시간이 나면 참선공부를 해야지, 그런 세상 잡사에 흥미를 가지면 못 쓴다고 엄중하게 이르며 단속을 하셨다. 그래선지 평소에 주로 혼자서 TV를 보시고 나는 못 보게 하였다.

출타하시는 날이면 나를 내보내고 나서 열쇠 감출 곳을 찾는다. 밖에서도 소리가 들릴 정도로 부산스럽다. 어디에 둘까 찾는 모습이 그림처럼 그려진다. 그렇지만 가시고 난 뒤, 감춘 열쇠를 귀신처럼 찾아내었다. 주로 빈 꽃병 속, 책상 서랍 뒤쪽, 액자 뒤, 서랍 속 작은 상자 등이었다. 처음에는 어디에 두는지 전혀 몰랐다. 그러나 이리저리 뒤져보고 찾아내었다. 그 뒤로는 열쇠 찾기는 식은 죽 먹기였다. 어디에 두는지 감을 잡았기 때문이다. 큰스님이 안 계시는 동안 TV를 실컷 보았다. 지금 생각하면 너무나도 철딱서니 없는 짓이었다.

꼬리가 길면 밟힌다더니 들킬 뻔한 일이 벌어졌다. 큰스님은 체구가 크셔도 발걸음 소리가 거의 나지 않는다. 사뿐사뿐 걷기 때문에 오시는 걸 눈치채지 못할 정도이다. 보통은 조실 채로 올라오는 대숲 가까이쯤 오시면 말소리가 들려 눈치를 챘다. 그런데 그날은 암말도 하지 않아 마음 놓고 TV를 보고 있다가 당황해버렸다. 급하게 텔레비전 문은 닫았는데 잠글 새도 없이 큰스님이 들어오신 것이다. 큰스님을 뵈러 와서 같이 텔레비전을 보고 있던 다른 스님들도 황당한 건 마찬가지였다.

뭔가 이상한 낌새가 있는 걸 눈치챘는지 큰스님이 물으셨다.

"느그들 내가 없는 동안 텔레비전 안 봤나?"

"아니요."

시치미를 뚝 떼고 능청스럽게 거짓말은 했으나 간이 조마조마했다. 그러나 큰스님이 TV 문을 열쇠로 열려고 하니 이미 열려있었다.

"참 이상타. 내가 까묵았나. 잠그는 거를 말이다."

그러시더니 그냥 아무 일도 없었다는 듯이 텔레비전을 보시는 것이 었다. 안도의 한숨이 저절로 흘러나왔지만, 양심에 찔려 그 자리를 피해버렸다. 그 뒤로는 큰스님이 안 계셔도 몰래 보지 않았다. 알고도 모른 채 눈감아 준 줄 알았기 때문이다. 그 뒤로 큰스님도 텔레비전을 잠그지 않고 출타하신 것은 물론이다.

"그리 짤라오마 나무가 얼매나 아프겠노?"

회초리

월내 길상선원에서 입승을 오래 사셨던 법흥 스님에겐 동인이라는
꼬마 상좌가 있었다. 통영 미래사에서 키우다가 묘관음사로 올 때 데려
온 아이다. 초등학교 저학년으로 한창 부산스러울 나이라 언제나 일을
저질렀다. 큰일은 아니지만 어른들의 눈으로 볼 때는 야단맞을 짓을 벌
리곤 하는 개구쟁이였다. 게다가 잠시도 입을 놀리지 않는 수다쟁이기
도 했다. 오죽하면 원주 스님이 지퍼를 채운다고 했을까.

어느 날 큰스님이 아끼고 사랑하는 동백나무 가지를 잘라 가지고 놀
다가 된통 들켜버렸다. 동물도 사랑하지만, 꽃과 나무도 끔찍이 사랑하
는 큰스님 눈에 띄었으니 동인이는 야단치기 전부터 벌벌 떨고 있었다.
입이 열 개라도 변명할 여지가 없어진 것이다.

"동인이 이놈, 회초리 해오너라!"

이놈이 한참 만에 오더니 하필이면 애지중지 키워 고목이 된 진달래

가지를 꺾어온 것이다.

"니는 매를 버는구나. 이기 뭐꼬?"

동인이는 아무 눈치도 없이 곧이곧대로 답했다.

"진달래 가지요."

다 기어들어가는 소리로 겁에 질려 말했다.

"야 이놈아! 살아있는 나무를 또 꺾어와. 그걸 그리 짤라오마 나무가 얼매나 아프겠노. 니도 팔 하나 누가 뿐지르마 아프겠제."

알아들었는지 못 알아들었는지 몰라도 동인이는 눈물만 뚝뚝 흘리고 서 있었다. 쉴 틈 없이 나불대던 수다는 어디로 도망갔는지 암말도 않고 장승이 되어버렸다. 한참 있다 입을 열더니 "굵은 나무는 때리면 너무 아플 것 같아 가는 나무를 고르다 보니 진달래 가지가 가늘어 안성맞춤이라 생각되어 꺾어 왔다"고 조곤조곤 말했다. 그 말을 들은 큰스님은 어이가 없는지 한바탕 웃는 것으로 끝이 났다. 어린애다운 거짓 없는 말이었다.

그런 일이 있은 뒤로 꼬마 동인이는 달라졌다. 나무는 물론 화초도 함부로 꺾는 일이 없어진 것이다. 이제는 잘 자라서 지현이라는 어엿한 스님이 되었다. 해인사 강원시절엔 홍륜사에 몇 번 들렸으나 연락이 없어 궁금하다. 얼마 전, 은사인 법흥 스님으로부터 전라도 쪽에서 주지를 살며 포교도 잘하고 있다는 소식을 들었다. 눈망울이 크고 속눈썹이 길어 초롱초롱하던 눈빛은 지금도 변함이 없으리라.

벽암록

서옹 큰스님께서는 생전에 월내 묘관음사에 일 년간 주석하신 적이
있다. 그때 향곡 큰스님과 함께 〈벽암록〉을 같이 보셨다. 벽암록은 선
을 참구하는 이들에게 떼어놓을 수 없는 필독서이자 지침서이다. 웬만
한 선객 스님들은 이 책을 읽어보지 않은 이가 없을 성싶다.

법정 스님이 돌아가신 뒤, 안동림 교수가 역주를 한 벽암록을 머리
맡에 두고 늘 읽었다는 기사가 신문에 실리자 남은 재고가 미친듯이 다
팔려나갔다고 한다. 불황을 맞은 출판계로서는 정말로 이례적인 일이
었다. 다 매진되자 출판사는 다시 인쇄에 들어가 즐거운 비명을 질렀
다고 한다. 이렇듯 벽암록은 참선하는 이들이 즐겨보는 책 중의 하나
이다.

두 분은 벽암록을 보다가 서로 이야기를 나눌 일이 있으면 가끔 조실
채 뒤의 산으로 올라가곤 하셨다. 하루는 저녁을 드신 지 한참이 지난

뒤였다. 어스름하게 어두워지는데 두 분이 산으로 올라가셨다. 여름이라 모시옷을 입은 채였다. 새벽녘이 되어서야 내려오신 두 분의 옷은 이슬에 푹 젖어 몸에 착 붙어 있었다고 하며 우리 은사 스님이 말해 주었다.

밤새 무슨 이야기를 나누었는지는 아무도 모른다. 두 분만이 아는 법담을 나누었으리라는 것은 짐작이 가지만…. 이런 일이 한두 번 있었던 것이 아니었다고 하니 상상을 초월하는 일이다. 법희선열락法喜禪悅樂을 맛보면서 시간 가는 줄 모르고 밤을 지새우고 내려온 것이다.

큰스님은 가끔 이런 말을 하셨다.

"서옹당은 참말로 훌륭한 이여. 일본 가서 학문도 많이 익혀왔지만 공부가 푹 익어서 돌아온 이야."

그리고는 약간은 섭섭하다는 표정을 짓고 덧붙이는 말이 있다.

"서옹당은 공부 은혜로 말하면 우리 스님에 대한 은혜가 크지."

예전에는 스승을 찾아다니며 공부했고 잘 지도해 줄 스승에게 보내 주기도 하며 공부의 문턱을 누구라도 넘나들도록 하였건만. 지금은 문중이나 파벌에 묶여 자유롭지 못함을 안타까워하셨다. 터놓고 하지 못하는 말을 아무것도 모르는 나에게 하는 심정을 그때는 헤아리지 못하였다. 그저 그런가 보다고 짐작만 할 따름이었다.

두 분이 서로 탁마한 사실은 요즘 젊은 스님들은 잘 모르는 사실이다. 예전에는 도인 스님들끼리 서로 오가며 탁마했던 아름다운 시절이었다. 현 종정이신 진제 스님도 큰스님에게서 서옹 큰스님에 대한 공부

이야기를 많이 들어 평시에 존경하는 마음을 늘 품고 자주 찾아뵙곤 하였다.

큰스님은 내가 시자를 살던 당시도 늘 벽암록을 옆에 두고 보셨다. 경전은 보면 볼수록 새록새록 그 뜻이 새로워진다고 하시면서. 절로 고개가 끄덕여지며 수긍이 가는 말씀이다. 큰스님 말씀대로 경전을 되풀이해서 많이 읽어야지 하면서도 실천을 못 하고 있어 정말 죄송스럽다.

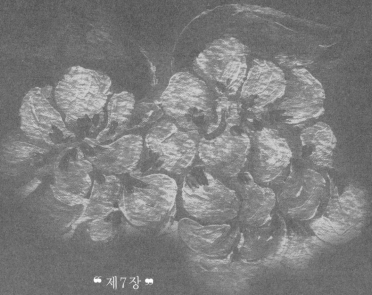

제7장

길을 나서는 큰스님

몰랑몰랑하고 매끄러워서 얼매나…

떡국

음력 설 전후로 한 일주일간을 한 끼도 거르지 않고 떡국을 드신 적이 있다. 그 정도로 큰스님은 떡국을 좋아하신다. 나로서는 도저히 이해가 가지 않는 일이다.

큰스님이 살았던 시골 마을에서는 가래떡을 이렇게 만들었다고 한다.

먼저 깨끗이 씻은 쌀을 디딜방아에 넣어 찧는다. 그걸 채로 곱게 내린다. 가루가 고와질 때까지 몇 번이나 그 일을 반복한다. 채로 걸러낸 가루를 면 보자기를 깐 시루에 넣고 골고루 편다. 시루 위에 뚜껑을 덮고 김이 새지 않도록 쌀가루나 밀가루로 반죽한 시루 본을 시루와 뚜껑 사이에 틈이 없도록 죽 돌린다. 불을 때 김이 오른 뒤에도 뜸이 들 때까지 장작을 지핀다. 잘 쪄진 백설기를 떡판에 부어 한 김이 나가면 뜨거울 때 떡메로 내려쳐 찰진 반죽을 만든다. 이 반죽을 떼어내어 떡판에 대고 가래떡 모양을 만든다. 어느 정도 굳어지면 떡국을 끓이기 좋은 크기로 썬다. 이처럼 떡국은 하나에서 열까지 수작업으로 이루어질 뿐만 아니라 당시는 생활이 어려워 좀처럼 해 먹기 어려운 음식이었던 모양이다. 지금처럼 떡 방앗간에서 기계로 쑥쑥 뽑아내는 것도 귀찮다고 사 먹는 추세거늘, 예전에는 얼마나 번거로웠을까 싶다.

어려운 공정을 거쳐 나온 귀한 떡가래지만 끓이면 풀어져 국물이 뻑뻑했다. 그러나 그런 떡국도 밥술깨나 먹고 사는 집에서만 먹을 수 있었다고 하니 격세지감隔世之感을 느끼지 않을 수 없다. 큰스님은 드실 때마다 떡국예찬을 하신다.

"몰랑몰랑하고 매끄러해서 얼마나 먹기 좋은동 모르겠다. 이전에는 풀어지가 뻑버그리해도 없아가 몬 무갔다."

"느그는 잘 모를끼다. 옛날하고 요새 떡국하고는 비교가 안 되지. 지금 떡국은 국물도 말쑥한기 보기도 좋고 목으로 술술 잘 넘어가"라며 재차 칭찬 모드로 나가신다.

큰스님이 드시는 떡국은 조리법이 간단하다. 국물은 아무것도 넣지 않고 간장 물로 한다. 물이 끓으면 떡국을 집어넣는다. 어느 정도 익었다 싶으면 부드러운 생미역을 드시기 전에 넣어 살짝 끓여 참기름 한 방울만 떨어뜨리면 끝이다. 생미역이 새파래야지 누렇게 되면 아예 새로 만들어야 한다. 이때 신경을 바짝 써야만 한다. 끓이는 법은 큰스님이 가르쳐 주신대로이다. 매사에 치밀한 성격이라 자로 잰 듯이 뭐든 시키셨다.

처음엔 여러 번 실수를 거듭하였지만, 나중엔 요령이 생겨 떡국을 잘 끓여내었다. 큰스님은 일 잘하는 놈이 공부도 잘한다. 매사에 빈틈없이 하다 보면 끝이 보인다고 늘 말씀하셨다. 떡국 하나 끓이는 것도 허술하게 여기면 안 된다. 뭐든 성심성의껏 하는 것이 수행의 첫걸음이라며. 일상생활이 그대로 공부라고 하시면서.

운봉선사 영정

월내 묘관음사에는 조사 스님들을 모신 영각影閣이 대웅전 옆에 자리 잡고 있다. 아주 작은 건물로 근세에 선의 중흥조라 불리우는 경허선사를 비롯해 혜월선사, 운봉선사의 순으로 영정을 그려 모신 곳이다. 특히 운봉선사의 영정은 이당以堂 김은호金股篇 화백이 그린 것으로 큰스님께서는 굉장히 마음에 들어 하셨다. 운봉선사가 열반에 들자 큰스님은 전법승승인 운봉선사의 영정을 당대에 최고가는 분에게 의뢰하기로 마음을 먹었다. 여러 군데 알아보니 이당 선생이 초상화는 제일 잘 그린다는 소식을 듣고 서울로 직접 찾아간 것이다.

당시의 정황을 큰스님은 내게 상세히 이야기해주셨다. 간추리면 다음과 같다. 가서 만나보니 이당 선생은 기독교인이라 스님의 초상을 그려줄 것 같지 않은 생각이 들어 그것부터 물어보았다. 그런 건 개의치 않는다고 흔쾌히 허락은 받았으나 돈이 문제였다. 당대 최고의 작가라 100만 원을 달라고 한 것이다. 1950년대에 100만 원이라는 돈은 거금이었다. 지금 돈으로 환산하면 수억이 넘는다. 6·25 한국전쟁 직후라 모두가 어려운 때였다. 그러나 어떻게 하더라도 마련하리라 속으로 다짐하고는 부탁하였다. 월내로 돌아와 사중에 있는 돈뿐만 아니라 당신에게 조금 있는 돈까지 탈탈 끌어모아도 모자랐다. 할 수 없이 이리저리 변통을 해서 100만 원을 맞추었다고 말씀하셨다.

"해놓고 보이 참 잘했다는 생각이 들어. 대가가 그린 기라 뭐가 달라도 달라. 돈만 있으마 다른 큰스님들도 하고 싶었지만, 형편이 돌아가야지. 우리 스님 영정만 해드리서 늘 죄송하지."

영정에 대한 이야기를 하실 때마다 아쉬운 마음을 내비치셨다.

큰스님 기일이어서 몇 년 만에 월내 묘관음사로 갔다. 큰스님 기제사는 두 군데서 모신다. 월내 묘관음사와 해운대 해운정사이다. 우리 은사 스님은 해운대로 가시기 때문에 월내로 갈 기회가 없었다. 올해부터는 연로하셔서 못 가시기 때문에 오랜만에 월내로 가게 된 것이다.

영각에 들어서니 큰스님 영정뿐만 아니라 다른 선사들의 영정도 싹 다 바뀌어서 내 두 눈을 의심하였다. 주지 스님이 새로 다 바꾼 것이다. 무엇보다 운봉선사의 영정이 어찌 되었는지 궁금해하니 곁에 섰던 묘혜 스님이 궁금증을 풀어주었다.

"우리 향림사로 모시고 갔어요."

그 말을 듣자 맥이 확 풀리는 기분이었다. 섭섭한 마음을 달랠 길이 없었다. 영각을 지장전이라고 현판도 바꾸고 향곡 큰스님의 영정도 새로 모셔서 모습은 일신되었지만, 뭔가 채워지지 않는 느낌이었다. 죽 돌아보니 오른쪽 벽면에 향곡 큰스님과 성철 큰스님이 운봉선사를 위해 쓰신 영찬影讚은 예전처럼 걸려있었다. 살아생전 큰스님께서 그 영찬을 보며 새겨주시던 모습이 떠오른다.

영찬의 내용은 다음과 같다.

선사이신 운봉대선사의 영정을 찬탄함

삼세의 부처님은 눈 속의 꽃이요.
시방정토는 콧구멍 속 먼지 티끌이로다.
주장자를 들어 올림이여!
산이 무너지고 바다는 마르며 마군魔群은 도망치고 부처는 꺼꾸러지도다.
불자를 걸어 둠이여!
꽃은 붉고 버드나무는 푸르며 꾀꼬리 지저귀고 제비는 춤추도다.
오는 돌사람은 비로정상에서 금북을 치고
가는 나무계집은 벽옥루(碧玉樓) 전에서 취해 춤추도다.
왼쪽에서 피리부니 오른쪽에서 박수 치네.
아침에 삼천이요. 저녁에 팔백이로다.

쯧! 쪽배가 이미 동정호(洞庭湖)를 지나갔도다.

불기 2495년(1951) 2월 28일
법을 이은 향곡혜림이 두 손 모음

선사이신 운봉대선사의 영정을 찬탄함

뱀과 전갈의 심장이요.
표범과 이리의 마음이로다.
모든 부처님을 무간지옥無間地獄 가운데로 쫓고
모든 중생을 대천세계 밖으로 놓아주었도다.
손을 듦이여! 시체가 쌓인 산은 높디높고
발을 내디딤이여! 피바다가 넘쳐흐르도다.
누가 먼 하늘에 뇌성벽력 치는 것을 올려다보며
누가 감히 광야에 재 날리는 것을 내려다보겠는가.
따로 말하노니 나귀 뺨 말 턱이 홀로 달리도다.

오역죄五逆罪를 지은 성철이 삼배드림

특히 성철 큰스님께서 지으신 이 영찬은 명문으로 유명하다.

큰스님의 영정을 하양 향림사로 모시고 갔다는 이야기를 듣고 가보았다. 향림선원의 큰방에 향곡 큰스님의 영정이 모셔져 있었다. 삼배를 올리고 다시 올려다보았다. '니는 공부는 안 하고 아직도 돌아댕기기만 하나' 라고 꾸짖는 듯하다. 월내에서 옮겨와 섭섭하긴 하지만, 주지인 묘혜 스님은 어른에 대한 향심이 깊어 잘 모실 것 같아 일단 안심은 되었다.

봉암사 시절

봉암사 결사는 우리 불교에 한 획을 그었다고 말해도 과언이 아니다. 당시 결사의 핵심인물들이었던 큰스님들은 다 열반하셨다. 청담, 성철, 향곡, 자운 큰스님 등이다. 불교계의 거목들이 모인 자리였던 것이다. 큰스님은 그 시절에 있었던 재미있는 이야기를 들려주었다.

하루는 청담 큰스님과 성철 큰스님이 서로 이야기를 나누며 장난을 치다가 향곡 큰스님이 들어가니까 말을 뚝 끊어버렸다. 무슨 이야기를 하다가 말을 그쳤는지 궁금하니까 물었다.

"뭔 이야기를 하다가 내가 들어오이 그치노."

성철 큰스님이 장난기 어린 투로 놀린다.

"아아(아이)들은 몰라도 된다. 청담이 하고 나는 어른이니께 서로 통하지만 니는 모르이 안 할란다."

눈치를 못 챈 향곡 큰스님이 답한다.

"와 내가 아아고. 나이가 및살인데."

"아이고, 니 장가 가봤나. 아아는 나봤나. 그라이 말을 못하지."

이렇게 말하는 성철 큰스님의 말에 다 함께 웃었다는 것이다. 성철 큰스님은 장난스러워서 틈만 나면 청담 큰스님에게 말싸움을 걸 뿐만 아니라 몸싸움도 하며 격이 없이 지냈지마는 향곡 큰스님과는 그러지 않았다고 한다.

훗날 큰스님은 이렇게 말씀하셨다.

"나는 공부로는 성철스님하고 친하고 인간적으로는 청담스님하고 친했지."

큰스님은 청담 큰스님께서 너무 일찍 돌아가신 것을 정말로 애석하게 생각했다. 계셨더라면 많은 이야기를 허심탄회하게 나눌 수 있는 유일한 분이었을 거라는 말씀도 하셨다. 자운 큰스님에 대해서는 이런 말씀을 하셨다.

"맘이 곱기로는 자운 스님 따라갈 이가 없어. 심성이 여자맨치로 보드라와. 봉암사에서도 늘 염불을 놓지 않았재. 염주와 입이 함께 돌아가미 '나무아미타불'이 끊어지지 않았거등. 염불소리는 비구니 같이 이상한 소리를 냈재."

그런 말을 들려주며 자운 큰스님의 염불하는 목소리를 흉내 내시며 즐거워하셨다. 그 시절이 그리운 듯 이야기를 하실 적마다 먼 곳을 쳐다보곤 하셨다. 그 시절 무엇보다도 중요한 일은 큰스님께서 삼칠일동안 삼매에 들었다가 견성대오見性大悟를 한 일이다. 도반 성철 큰스님의 물음에 꽉 막혀 자나 깨나 앉으나 서나 화두삼매에 들어간 것이다. 다 알았다고 자부하고 살았었는데 그게 아닌 걸 깨달았기 때문이다.

하루는 비가 억세게 내리는데 봉암사 도량에 있는 바위에 앉아 미동도 않고 앉아있었다. 종정을 지내신 법전 스님이 그 모습을 보자 급하게 성철 큰스님께 달려갔다.

"스님 큰일 났습니다. 향곡 스님이 저렇게 비가 오는데 들어오지 않고 바위에 앉아 있습니다."

"보면 모르나. 지금 삼매에 들어 있으니 아무도 건드리마 안 된다. 알았나."

그때 살았던 대중들은 성철 큰스님의 한마디에 모두가 숨을 죽이고 공부에 방해가 안 되도록 조심했다는 이야기를 큰스님으로부터 들었다. 그렇게 삼매에 들어 삼칠일이 되는 날, 큰스님은 봉암사 일주문 밖으로 걸어나가시다가 양손이 앞뒤로 움직이는 것을 보시고 홀연히 깨달음을 얻어 오도송을 지으셨다.

忽見兩手全體活
홀 견 양 수 전 체 활
홀연히 두 손을 보니 전체가 살아났네

三世佛祖眼中花
삼 세 불 조 안 중 화
삼세의 불조들은 눈 속의 꽃이요

千經萬論是何物
천 경 만 론 시 하 물
천경과 만론은 이 무슨 물건이었던고

從此佛祖總喪身
종 차 불 조 총 상 신
이로부터 불조들이 모두 몸을 잃었도다

그 이후로는 어디에도 걸림이 없었다. 대장부 일을 다 마쳐 유유자적하게 삶을 누리셨다.

"뭐든 공 드리마 드린 만큼 표가 나는 기라"

자운 스님이 드린 백팔염주

외국을 나가본 적이 없는 큰스님이다. 그렇다고 다른 스님들이 외국을 오가는 데에 대해 부러워한 적도 비방한 적도 없으시다. 왜 외국여행을 안 가시느냐고 물으면 이렇게 답하셨다.

"내사 마 삼천대천세계가 내 손안에 있는 거 맨치로 다 보이거등. 요새는 세월이 좋아 앉아서도 텔레비젼으로 다 보는 세상 아니여. 일부라 갈꺼까지 없사."

자운 큰스님이 인도를 다녀와서 큰스님께 전단栴檀으로 만든 백팔염주를 선물하셨다. 큰스님은 그걸 받고 아주 좋아했다. 크기나 굵기나 모양새가 당신 마음에 쏙 들었던 것이다. 큰스님은 자운 큰스님이 그전에도 인도에서 사다 드린 단주를 하나 갖고 있었다. 두 개는 가질 필요가 없다고 하기에 내가 가지고 싶어 하니까 선뜻 주셨다.

단주의 알은 스물네 개이며 전단으로 만든 것으로 가운데는 굵은 상아가 끼워져 있고 그 위에 조금 작은 상아가 하나 더 있는 모양이었다. 큰스님이 주신 것이라 지니고 다니다가 잃어버릴까 염려스러워 지금은 보관 중이다. 그런 이유도 있지만, 굵은 상아에 금이 가서 깨질까 우려해서다. 어쩌다 한 번씩 만져보고 또 넣어두곤 한다.

시간만 나면 큰스님은 백팔염주를 꺼내어 돌리시곤 하였다. 무슨 염불을 하며 돌리는지 여쭈었더니 싱긋 웃기만 하셨다. 나보고는 기도를 하려면 문수기도文殊祈禱를 하고 염불을 하려면 문수보살文殊菩薩을 염하라고 하시더니 왜 웃기만 한 걸까. 백팔염주는 큰스님 손에서 날이 갈수록 윤이 났다. 그걸 들여다보며 큰스님은 이런 말씀을 하셨다.

"뭐든 공을 드리마 드린 만큼 표가 나는 기라. 공부도 하는 만큼 표가 나도록 되어 있지. 요새 수좌들은 하라는 공부는 하도 않고 화두가 안 들린다고 하이 할 말이 없어. 죽 떠먹은 자리라고 하지만, 먹다 보면 텅 비게 되어 있는 기라. 그걸 와 모를꼬."

해제가 되면 선원 곳곳에서 안거를 마친 스님들이 큰스님을 뵈러온다. 그 스님들의 공통된 고민은 '공부가 잘 안 된다'는 것이다. 그런 말에 대해 일침을 가하는 말씀이었다.

발갛게 우러난 갓김치 국물에 말아서…

수안(殊眼) 스님의 국수공양

하안거를 지내고 월내로 큰스님께 인사드리러 갔더니 대뜸 자랑부터 늘어놓으셨다.

"올해 여름은 평생 무가볼(먹어볼) 국시를 다 무가봤다. 그림 그리는 수안 스님이 와가지고 날마둥 별식을 해주가지고 국시는 원 없이 무갔다."

나는 그 말을 듣고 깜짝 놀랄 수밖에 없었다. 수안 스님은 그림만 잘 그리는 줄 알았지 요리 솜씨도 뛰어나다는 걸 처음 알았기 때문이다. 큰스님 회상에 한철 정진하러 와서 마음먹고 솜씨를 발휘한 듯싶다.

큰스님은 면 종류라면 뭐든 좋아하시는 터라 우동, 소면, 칼국수 등 가리지 않고 즐기셨다. 젊은 시절에는 냉면을 좋아해 갓김치 국물에 말아낸 메밀국수를 목까지 올라오도록 드신 적도 있다는 말을 들었다. 고명도 없이 발갛게 우러난 갓김치 국물에 말아낸 냉면이 무에 그리 맛이 있었을까. 아무튼 면을 사랑하는 마음은 젊어서부터 내내 변하지 않았다.

그런 연유로 어느 대중이던지 큰스님이 오신다 하면 좋아하시는 낭화浪花(밀국수의 하나로 국수를 밀어 장국에 끓이는 것)를 해드리려고 준비를 했다. 홍두깨로 국수를 얇게 밀어 가늘게 칼질을 해서 끓인 국수는 품이 많이 들어 좀처럼 해 먹기 힘들다. 오로지 어른에게 드리려는 정성으로 만들기 때문에 할 수 있었던 것이다.

수안 스님은 면 요리를 어디서 배웠는지 이름조차 기억하기 어려운 요리들을 갖가지로 해드린 것 같았다. 얼마나 잘해드렸으면 입에 침이 마르도록 몇 번이나 되풀이하셨다. 큰스님께서 주워섬기는 이름들을 나열하면 이러하다. 잔치국수, 고수나 산초 잎을 넣어 만든 비빔국수, 짬뽕, 자장면, 울면, 볶음면 등등이다. 그 외는 잘 모르는 이름이라 잊어버리셨다고 한다.

"내가 이때까지 국시를 좋아해 많이 무가봤지만 수안 스님처럼 국시를 맛있게 요리하는 이는 못 봤어"라고 할 정도로 칭찬을 아끼지 않으셨다. 듣기만 해도 침이 꼴딱 넘어갈 정도로 맛깔나게 표현을 하셔서 먹어보고 싶게 만들었다.

좀 더 그때의 정황을 자세히 알기 위해 문수원으로 수안 스님을 뵈러 갔다. 스님은 월내 묘관음사의 길상선원과 후원채의 주련을 판각을 한 인연이 있었다. 그 당시 방부를 들였으나 약속을 지키지 못하고 차일피일 미루다가 큰스님이 열반하기 전년에야 길상선원에 가서 하안거를 나게 되었다.

가서 보니 예전과 달리 큰스님의 건강이 몹시 악화되어 입맛도 잃어 버리고 몸 전체가 굳어 있어 목과 어깨부분은 돌덩이처럼 딱딱했다. 이 래선 안 되겠다 싶어 낮에는 좋아하시는 면 요리를, 저녁이면 밤마다 뜨거운 수건과 찬 수건을 번갈아 갈아대며 찜질을 해드렸다. 그해 여름, 수안 스님의 정성스런 시봉으로 큰스님은 출타도 잘 안 하시고 월 내에서 줄곧 보내셨다.

수안스님이 만든 중국 면 요리는 중국집에서 먹어 본 것을 기억해 내 어 야채로만 맛을 내어 만들어 드렸다. 대중들도 맛을 보고는 중국집에 서 고기 넣은 것보다 더 맛있다는 호평을 들은 것은 물론, 큰스님은 국 수를 드실 때마다 웃음이 얼굴에서 떠나지 않았다고 한다. 큰스님을 향 한 향심으로 정진 시간을 쪼개어 낮엔 면 요리를, 저녁엔 찜질을 해드 렸다는 수안 스님 얘기가 가슴을 울렸다. 그런 신심으로 일하며 정진하 신 수안 스님에게 저절로 고개가 숙여졌다.

수안 스님은 연세가 들었지만 아직도 음성은 카랑카랑하셨다. 작품 활동을 왕성하게 하는 걸로 봐선 젊은이 못지않은 듯하다. 건강하게 오 랫동안 작품도 하시고 정진도 여일하시기를 바라며 문수원을 나섰다.

감김치

좌천에서 목재상을 하는 신도님이 감김치를 담아 가지고 왔다. 큰스님은 맛이 궁금해서 빨리 꺼내 먹어보자고 하셨다. 이야기만 들었지 나도 처음 보는 것이었다.

감김치는 생각보다 훨씬 맛있었다. 큰스님은 대여섯 개를 한자리에 앉아 다 깎아 드시고는 이렇게 말씀하셨다.

"법념아, 니는 오늘만 실컷 묵고 다음부터는 묵지 마라. 두고두고 묵어야 되게. 알았나."

감김치의 맛은 새콤달콤하였다. 아삭아삭하게 씹히는 맛도 좋지만 동치미처럼 시원한 맛도 느껴졌다. 착 달라붙는 감칠맛은 어디에다 비교할 수 없을 정도로 정말로 맛있었다. 그런 맛이니 큰스님도 아껴 드시겠다고 말하신 듯하다. 그러나 이내 동이 나버렸다. 큰스님 몰래 좌천 목재상에 더 줄 수 없겠느냐고 전화를 했다. 한 번 더 가지고 온 걸 모르고 큰스님은 아직도 남아 있느냐고 하시며 맛있게 드셨다.

어떻게 담그는지 전화로 물어보았다.

감김치는 늦가을에 담는다. 우선 빨갛게 잘 익은 감으로 육질이 단단한 것을 고르는 것이 제일 중요하다. 감은 깨끗이 씻어 물기를 뺀 뒤 독에 살살 집어넣는다. 던지면 상처가 나기 때문이다. 감김치의 소금물은 많이 짜지 않게 동치미 담그는 정도의 염도로 맞춘다. 이 소금물은 끓일 때 여뀌라는 풀을 넣어 같이 끓인다. 이 풀은 물가에 많이 자생하는 야생초로 방부제 역할을 한다. 끓인 뒤 건져내어 다 담근 감김치의 위를 덮어 마개로 쓴다. 끓인 소금물은 식혀서 붓는다. 뚜껑을 덮어 한 달쯤 지나면 감이 숙성되어 딱 먹기 좋게 익는다.

그 이듬해, 감김치를 담으려고 준비하였다. 설명을 들을 때는 그렇게 하면 되겠거니 생각했다. 막상 하려고 하니 미리 준비를 해야 할 것들이 이만저만 많은 게 아니었다. 그중에서 제때에 맞춰 감을 사는 일이다. 익었으면서도 단단한 감을 사는 일이 제일 큰 숙제였다. 간수를 미리 빼놓은 천일염을 준비하는 일, 물가에 자생하는 여뀌를 많이 뜯어와 미리 확보하는 일, 숨 쉬는 옛날 장독을 큰 것으로 준비해 물을 부어 며칠 동안 우려내어 잡냄새를 없애는 일 등등이다. 그러나 결국은 담지 못했다. 다른 건 다 준비되었는데 제일 중요한 감을 제때에 사지 못했기 때문이다.

너무 익어도 덜 익어도 안 되고 알맞게 익은 감을 한꺼번에 대량으로 산다는 것이 그리 어려운 줄 몰랐다. 돈을 가지고 시장에 가면 얼마든지 살줄 알았는데 그게 아니었다. 감이 많이 나는 농장에 미리 부탁해 놓지 않으면 맘에 꼭 드는 감을 못산다는 이야기를 나중에야 들었다. 정말로 손에 힘이 쭉 빠져버렸다.

그런 나를 보고 큰스님이 한마디 하셨다.

"세상일이란 기 그리 뜻대로 되마 얼매나 좋겠노. 생각지도 않는 데서 구멍이 나는 기라. 철저하게 한다고 해도 하나라도 빠지마 다 글러뿌리지. 공부도 똑같애. 그저 하는 동 마는 동 해가꼬는 아무짝에도 몬 씨는 기라."

큰스님의 말씀을 듣고 정진精進이라는 두 글자의 의미를 다시 한번 새겨보았다. 빈틈없이 쉼 없이 나아간다는 의미를.

스님이 사랑한 꽃과 나무

당국화(唐菊花)라고도 부르는 과꽃은 큰스님이 좋아하시는 꽃 중의 하나다. 흥륜사 도량에도 많이 심어놓아 올해도 과꽃이 우리스님 방 앞에 활짝 피었다. 초가을에 피는 꽃으로 흰색, 분홍, 진분홍, 연보라, 진보라 등 다양한 색들이 있다. 각기 모습을 뽐내며 피었건만 반겨줄 큰스님은 바람결에도 소식조차 전하지 않는다.

과꽃은 그리스어의 'kallos(아름답다)'와 'stephos(화관)'의 합성어다. 꽃말은 '나의 사랑은 당신의 사랑보다 믿음직하고 깊다'이다. 정말로 사랑스런 뜻을 가진 꽃이다. 독일에선 과꽃이 사랑을 점치는 데 사용된다. 이 점은 괴테의 〈파우스트〉에 마가렛이라는 소녀가 사랑의 점술을 침으로써 더욱 이 세상에 알려지게 되었다. '사랑한다, 싫어한다'라는 말을 반복하며 꽃잎을 떼어내다가 마지막 남은 꽃잎에 해당되는 말이 점이 되는 것이다.

우리나라에선 '과꽃'이라는 동요로 친숙한 꽃이다. 큰스님도 어디서 들어보셨는지 '올해도 과꽃이 피었습니다.'라며 가사를 외우고 계셔서 놀랐다. 큰스님은 과꽃이라고 하지 않고 늘 당국화라고 불렀다. 뜨거운 한여름의 더위도 가시고 가을이 오는 길목인 구월이 오면 꽃망울을 맺기 시작한다. 꽃이 필 무렵이 되면 큰스님은 일과 삼아 매일 들여다보셨다. 동물도 그렇지만 식물도 관심을 가져주면 더 예쁘게 꽃을 피운다고 하시며.

꽃도 좋아하지만, 나무도 좋아하신 큰스님은 월내 묘관음사에 꽃과 나무들을 많이 가꾸었다. 영산홍을 비롯해 동백, 홍 단풍, 춘백, 소철, 파초 등등이다. 특히 동백을 좋아해 염화실 앞에 분홍동백과 빨강동백을 양쪽으로 심어놓고 겨우내 꽃을 보며 즐기셨다. 또 있다. 맹종죽이라는 왕대숲도 있어 봄이면 죽순이 올라와 큰스님의 공양을 즐겁게 만들었다.

염화실 뒷동산에는 붉은 동백과 홍 단풍 묘목을 많이 사다 심었다. 더러 죽기도 했지만 워낙 많이 심었기 때문에 군데군데 표가 나도 그리 보기 싫지 않다. 이젠 많이 자라 작은 숲을 이루었다. 월내는 해풍이 부는 따뜻한 곳이어서 바닷바람을 맞아 다른 곳보다 동백이 더 잘 자란다. 봄에는 홍 단풍, 겨울엔 빨간 동백을 볼 수 있어 사철 내내 꽃을 볼 수 있도록 만들어 놓으신 것이다. 특히 봄에 빨간 싹이 나오는 홍 단풍을 신기하게 여겼다.

묘관음사 대웅전 앞에 꾸며져 있는 정원은 그 당시 부산에서 제일 조

경을 잘한다는 이를 불러와 만든 것이라고 큰스님이 말씀하셨다. 정원석의 배치뿐만 아니라 나무와 꽃들의 간격도 알맞게 심어져 있어 지금도 보기가 좋다. 나무들이 너무 커버려 그때의 모습을 조금 잃기는 했어도 여전히 아름답다. 꽃과 나무를 사랑하기에 화단을 조성하는데 돈을 아낌없이 쓰신 듯하다.

큰스님이 좋아하시던 봄이 가고 여름도 지나 또다시 가을이 오니 올해도 어김없이 과꽃이 피었다. 그러나 구월이 다 지나기도 전에 시들어버려 씨만 받고 다 뽑아버렸다. 텅 빈 꽃밭을 바라보니 왠지 가슴 한구석이 설렁해지며 냉기가 스며든다. 내년 봄이 기다려진다. 과꽃 씨를 뿌려 꽃을 보고 싶어서이다. 과꽃이 피면, 큰스님께서 보러 오실 것 같다. '히야, 참말로 과꽃이 예쁘게 피었네'라고 큰 소리로 말을 걸어오지 않으시려나.

내원사에서의 마지막 시자(侍者)

큰스님께서는 무오년^{戊午年}에 열반하셨다.

나는 무오년 하안거^{夏安居}는 내원사에서 살았기 때문에 동안거는 석남사로 가겠다고 말씀드렸다.

"와, 동안거도 내원사서 살지 그랬노."

"다른 선방에도 살고 싶어서요."

"그래."

그 말씀뿐이었다.

그 말씀을 들은 것이 마지막이 될 줄이야 누가 알았으리요. 정말로 큰스님께서 돌아가시리라고는 꿈에도 생각지 못한 일이었다.

내가 큰스님 뜻에 따라 내원사에 살았다면 큰스님을 뵐 기회가 더 있었으련마는. 어리석은 중생이라 그 뜻을 헤아리지 못한 것이 너무나도 후회스러웠다. '나는 칠십을 안 넘길거라'고 늘 말씀하셨지만, 말씀대로 가실 줄이야.

무오년 겨울, 내원사에서 시자로 난 스님은 고경古鏡스님과 진구眞求스님이었다. 큰스님은 열반하시기 며칠 전에 내원사를 다녀가셨다. 내원사를 떠나시는 날은 해운정사에 사십구재 법문이 있어 해운대로 먼저 가시게 되었다. 고경 스님과 진구 스님은 해운대까지만 모셔다드리고 내원사로 도로 돌아갔다. 두 스님은 욕두浴頭라는 소임所任이었는데 공교롭게도 다음날이 대중목욕날이었다. 미리 가서 목욕탕을 청소하고 물도 대고 땔나무도 준비해야했기 때문이었다. 그런 연유로 월내까지 가지 못했다. 훗날, '그때 월내까지 모셔다드리지 못한 일이 못내 아쉬움으로 남았다. 가장 후회스러운 일이었다.'고 고경 스님이 말했다.

이상하게도 그해 겨울에는 큰스님께서 내원사로 자주 발걸음을 하신 것 같다. 내원사는 출가본사出家本寺라는 인연이 있어 특히 좋아하셨다. 큰스님의 걸음이 잦다 보니 사중에서 조금 눈치를 보인 모양이었다. 아무래도 큰스님이 가시면 대중이 조금 분주해진다. 후원에서는 뭐라도 해드리려고 부산을 떨게 되고 대중들은 공부하다가 물을 것이 있다고 큰스님 방을 들락거리게 되어서다. 그런 것을 좋게 보는 시선도 있지만, 별로 곱지 않은 눈길을 보내는 이도 있기 마련이라 시자들의 마음이 그리 편안하지 않았을 성싶다. 시자가 된 입장으로는 잘 해드리고 싶지만, 사중에서 그리 협조적이지 않아 마음이 괴로웠다고 한다.

큰스님께서 내원사에 며칠 계시는 동안, 시자들은 별식으로 녹두죽을 쑤어 드린 것 외에는 별다른 음식은 만들지 않았다고 한다. 평소에는 내원사 성불암成佛庵의 홍시를 좋아해 거기까지 가서 갖다 드리곤 했는데 그땐 드시지 않겠다고 해 가지러 가지도 않았다고 한다.

그런데 열반하시고 난 뒤 난데없는 말이 떠돌았다. 아니 땐 굴뚝에 연기가 난다더니 정말 그랬다. '향곡 큰스님은 내원사 가셔서 홍시를 잡수신 것이 잘못되어 그게 원인이 되어 돌아가셨다' 라는 말이다. 세상에 이런 이상한 유어비어가 나돌다니. 있지도 않은 일이 정말처럼 되어버린 것이다.

감은 월내로 돌아온 그 날 저녁에 드셨다. 싸리나무를 넣어 소금물에 삭힌 감을 어느 신도가 선방에 공양을 올렸다. 그 감을 큰스님에게도 한 쟁반 갖다 드린 것이다. 감을 워낙 좋아하시다 보니 밤에 드시고 속이 편치 않으셨다. 그러나 그것이 원인이 된 것은 아니었다.

큰스님께서는 간경변증肝硬變症이라는 지병을 가지고 계셨다. 말하자면 간이 딱딱하게 굳어져 간 기능이 저하되는 병이다. 그 병이 짙어져 가신 것이다. 담당 의사가 큰스님의 병은 '언제 터질지 모르는 빵빵한 풍선과도 같아 항상 조심해야 된다.' 고 했다. 그럼에도 불구하고 큰스님은 병에 대해 평소에 별로 신경을 쓰지 않았다. 그러다 보니 병원에서 이르는 대로 식습관도 바꾸지 않았다. 성철 큰스님께서도 향곡 큰스님의 그런 점을 걱정을 하며 일침을 놓으셨다.

"향곡이 니는 아무끼나 묵고 많이 무가서 오래 못 살끼라. 조심 안 하모 빨리 가삐린다."고 경고하셨다. 무뚝뚝한 경상도 사투리 속에 도반에 대한 무한한 애정이 들어있음을 엿볼 수 있는 말씀이다.

그나저나 사인^{때지}을 똑바로 알고 말해야지, 잘 알지도 못하면서 추측해서 말한다는 건 삼가야 할 일이 아닌가 싶다.

다비(茶毘)장을 밤새 지킨 인각(仁覺) 스님

인각 스님은 현재 범어사총림梵魚寺叢林 금어선원金魚禪院의 수좌首座이시다. 스님은 향곡 큰스님이 열반하신 그해, 길상선원에서 동안거冬安居를 나신 스님이다.

그전에도 인각 스님은 월내 큰스님 회상에서 몇 번이나 안거를 하려고 마음먹었다. 그러나 큰스님을 뵈러 올 때마다 비구니 스님들의 시봉을 받는 모습이 마음에 걸려 다시 돌아가기를 예닐곱 번을 반복하였다. 그때만 해도 꼿꼿한 수좌의 성격이 살아있어 조금만 거슬리는 것이 있어도 참지 못할 때였다. 왜 비구처소에 비구니들이 와서 시봉을 하는지 이해할 수 없었기 때문이다. 지금 돌이켜보면 한 생각 접고 살아도 되는 것을. 그땐 그런 일들이 왜 그리 마음에 걸렸는지 모르겠다고 말했다.

본래 동안거는 팔공산 금당선원에 방부房付드렸다. 결제가 임박하자

동화사 주지인 서운 스님의 부탁으로 인각 스님은 큰스님을 동화사 조실로 모시고 가려고 월내로 왔다. 큰스님께서 가지 않겠다고 완강하게 거부하는 통에 기다리다가 결제 전날이 되어버렸다. 그러다 보니 길상선원에서 용상방을 짜는 자리에 큰스님과 함께 참석하게 되어 한 철을 엉겁결에 나게 된 것이다. 할 수 없이 입고 온 그대로 살았다.

동화사 쪽에서는 큰스님도 조실로 모셔오지 못한 것도 못마땅한 데다가 인각 스님 조차 안 오니 동화사 사중에 미운털이 박혀버렸다. 결제결망도 부쳐주지 않은 것은 물론이다. 한 철 내내 겉옷은 누비 하나로 버텼으니 오죽했으랴 싶다.

그해 동안거 중에 향곡 큰스님이 열반에 드셨다. 누구도 예기치 못한 일이었다. 인각 스님은 금방이라도 공부가 터질 듯해서 온 힘을 쏟아 정진에 매진邁進할 때였다. 그러니 너무나도 기가 막혔다. 그저 큰스님을 따라 같이 가고 싶은 심정이었다고 그때를 회고했다.

월내 묘관음사 염화실 뒤쪽으로 조금 올라가면 밭을 해 먹던 빈터가 있다. 전에는 콩도 심고 다른 작물도 심었으나 공을 들인 만큼 수확이 나지 않아 묵혀둔 밭이다. 현재 종정으로 계시는 진제 큰스님의 토굴이 있었던 자리이기도 하다. 그 토굴에서 진제 큰스님이 한 소식을 했으니 정말로 명당자리라고 말할 수 있으리라. 그 자리에서 내려다보면 동해 바다가 훤히 내다보인다. 그곳을 다비장으로 정한 것이다.

다비식이 있던 날, 대중이 모두 다비장으로 향했다. 다비의식이 시작되고 거화擧火를 하자 처음에는 불길이 약했다. 나중에 불길이 점점 강해지자 불티도 나르고 불똥도 튀어 올랐다. 그러자 대중들이 뿔뿔이 흩어지면서 아래로 다 내려 가버렸다. 단 한 사람, 인각 스님만이 섰던 자리에 꼼짝 않고 있었던 것이다.

이튿날 아침, 대중들이 습골을 한다고 모두 다비장으로 올라왔다. 그때서야 인각 스님이 무념무상으로 밤새 지켰다는 걸 대중들이 알게 되었다. 대중들이 웅성거려도 그대로 장승처럼 꼼짝 않고 서 있었으니까.

습골이 다 끝나고 내려와 보니, 인각 스님이 입고 있던 장삼은 온통 불구멍투성이였다. 그뿐만 아니라 머리에 썼던 모자도 예외는 아니었다. 불똥이 튀어 머리까지 불에 데어 상처가 여러 군데 나 있었던 것이다. 그렇게 되도록 모르고 서 있었다니. 자기 자신도 놀랐다고 한다. 참말로 그냥 그대로 큰스님과 함께 가고 싶다는 생각뿐이었다는 말을 거듭했다. 공부가 익을 대로 익어 가는 지점에서 열반하셨으니 그런 생각을 할 수밖에 없었으리라. 그 아쉬운 마음을 어디에다 비할 수 있으랴.

인각 스님은 '왜 진작 큰스님 회상에서 살지 않았는지 후회스러웠다.'고 말했다. '길이 눈 밝은 선지식을 만나고 싶다'는 발원은 "이산혜연선사발원문怡山慧然禪師發願文"에도 나와 있다. '장우명사長遇明師'라는 구절이다. 다시 말하면 눈 밝은 스승을 만나 오랫동안 모시고 싶다는 뜻도 된다. 그만큼 선지식을 만나 오래토록 바른 가르침을 배운다는 것이 어렵기 때문에 조석으로 발원하는 것이 아닌가 싶다.

자세한 이야기를 들으려고 인각 스님을 찾아뵈었다. 마침 범어사선원은 새로 증축하는 중이었다. 몇 번이나 전화를 드려도 아무도 받지 앉아 포기할까 하다가 한 번 더 걸어보니 인각 스님이 전화를 받았다. 스님들이 정진할 선원을 짓기 때문에 내내 밖에 서서 이것저것 신경 쓰느라 전화를 받지 못했다고 한다. 아무튼 어렵게 얻어낸 자리였다. 그만큼 얻은 것은 더 많았다.

두 번째 스님을 뵈러 간 날도 선원 큰방에 까는 닥종이 장판을 정하느라 손님이 와서 바빴다. 그런 와중에도 손님은 뒤로 미루고 많은 이야기를 해주었다. 대화를 하는 도중에도 한 점 흐트러짐이 없는 자세를 보였다. 일생을 꼿꼿하게 사신 분이라, 그런 품격이 인각 스님의 온몸에서 저절로 풍겨 나오는 듯하다. 건강은 어떠시냐고 물었다. 다리가 편치 않으나 선방에서 좌선하는 것은 불편하지 않다고 한다. 정진의 힘으로 참고 견디어내는 것 같았다.

아쉬운 마음을 뒤로 두고 금어선원을 나왔다.

임제탁발화

법제자와의 마지막 문답

시간만 나면 길을 나서는 큰스님이셨다. 외국은 단 한 번도 나가신 일이 없으셨으나 국내는 강원도 설악산부터 제주도 한라산까지 안 가신 곳이 없을 정도로 두루 다니셨다.

큰스님께서는 여느 때와 마찬가지로 열반하시기 직전에도 제방을 섭렵하러 나가셨다. 마지막으로 조실스님들을 찾아다니며 임제탁발화臨濟托鉢話라는 공안을 들어 물으러 다니신 것이다. 아쉽게도 흡족한 답을 내놓으신 분이 없었다. 제방을 돌아본 뒤 마지막으로 해운정사에 오셨다. 열반하시기 나흘 전이었다. 때마침 마당에 들어서자마자 포행을 돌고 있던 법제자 진제 스님을 만났다. 얼마나 반가웠던지 방 안에 들어갈 틈도 주지 않고 선 채로 대뜸 물음부터 던지셨다.

임제탁발화臨濟托鉢話 법문을 들어 물으신 것이다. 임제탁발화는 덕산탁발화와 더불어 가장 유명한 공안公案중의 하나이다. 역대의 선지식들도

이 법문에 대해서 평을 해놓은 분이 없었다. 내용은 이러하다.

하루는 임제선사께서 발우를 들고 탁발을 나가셨다. 어느 집 앞에 가서 대문을 두드리니 노파^{老婆}가 문을 열고 나왔다. 탁발 나온 임제 선사를 보더니 "어떻게 왔습니까?"라고 노파가 물었다. 임제선사가 "탁발하러 왔습니다."라고 하니 "염치없는 스님이로구나."라고 말했다. 그 말을 들은 임제선사가 말했다. "어째서 한 푼도 시주하지 않고 염치없는 스님이라 하는가." 노파는 임제선사의 물음에는 대답도 하지 않고 대문을 왈칵 닫고는 집 안으로 들어가 버렸다. 이에 임제선사께서는 아무 말없이 절로 돌아오셨다.

큰스님께서 위의 대문大文을 들어 "네가 만약 임제선사가 되었더라면 무엇이라고 한마디 하겠는가"하니, 물음이 채 끝나기도 전에 법제자인 진제 스님이 답을 올렸다.

"三十年來弄馬騎러니 今日却被驢子搏이로다."
삼 십 년 래 농 마 기　　금 일 각 피 려 자 박

삼십년간 말을 타고 희롱해왔더니
금일 당나귀에게 크게 받힘을 입었습니다

대답을 듣자마자 큰스님께서는 그제야 꽉 막혔던 속이 펑 뚫린 것처럼 환한 얼굴로 크게 웃으시며 법제자의 손을 잡으시면서 이렇게 말씀하셨다.

"과연 나의 제자로다"

그로부터 나흘 뒤, 법제자 진제에게 열반게涅槃偈를 남기시고 큰스님께서는 고요히 열반에 드셨다.

木人嶺上吹玉笛　　목인은 잿마루에서 옥피리를 불고
목 인 영 상 취 옥 적

石女溪邊亦作舞　　석녀는 시냇가에서 춤을 추네
석 녀 계 변 역 작 무

威音那邊進一步　　위음왕불 이전으로 한걸음 나아가니
위 음 나 변 진 일 보

歷劫不昧常受用　　역겁토록 매하지 않고 항상 수용하노라
역 겁 불 매 상 수 용

큰스님께서는 이렇게 열반게를 남기시고 부처님들이 사시는 화장세계인 금강당세계로 떠나셨다.

종정스님께서는 전법스승이신 향곡 큰스님과의 마지막 법거량法擧揚을 들려주시며 눈물을 머금고 목이 메여 말을 잇지 못하셨다. 무슨 말이 더 필요하리오.

'향곡(香谷) 큰스님 일화'를 끝내며

얼마 전 조계사에서 조계종 제14대 종정예하의 추대식이 있었다. 그 날따라 비바람이 불고 추웠지만 한쪽에 서서 축하의 예를 올렸다. 경사스러운 날에 비바람이 불면 좋은 일이 생긴다는 옛말이 있다. 종정예하의 지도아래 종단의 앞날이 더욱더 밝아지리라는 희망을 주는 비바람이 아닌가 싶다.

때마침 '향곡 큰스님의 일화'가 거의 끝날 무렵이어서 감회가 더더욱 새로웠다. 14대 종정이 되신 진제眞際 스님은 향곡 큰스님의 법을 이은 법제자여서다. 만약에 큰스님이 살아 계셨다면 종정에 오른 전법제자를 보시고 크게 기뻐하셨으리라. 큰스님은 '스승을 뛰어넘는 제자가 나와야 뛰어난 스승이다.'라고 늘 말씀하셨다. 그러기에 금강당세계金剛幢世界에서 내려다보시고 "니가 내카마 더 낫구나"라고 혼잣말을 하시며 흐뭇해 하셨을 것 같다.

'향곡 큰스님 일화'는 모두 칠십 편으로 2년에 걸쳐 불교신문에 올렸다. 끝난다고 생각하니 왠지 못다 한 말이 아직도 많이 남아 있는 것처럼 허전하고 가슴 한구석엔 구멍이 펑 뚫려있는 듯하다.

원래 글솜씨가 없을뿐더러 글이라고는 써 본 적이 없는 터다. 경주의 동리목월 문학관에서 수필공부를 시작해 삼 년이 지나면서부터 '향곡 큰스님 일화'에 대해 쓸 준비를 했다. 막상 시작하고 보니 글쓰기가 만만치 않았다. 뿐만 아니라 잘못 쓰면 큰스님께 누를 끼칠 것 같아 시작부터 매우 조심스러웠다.

누군가 향곡 큰스님 일화를 쓰지 않으면 영원히 묻혀버릴 이야기들이다. 큰스님을 옆에서 모신 기간은 삼 년 여에 불과하지만 많은 가르침을 듣고 보아 왔기에 그냥 흘러버리기엔 너무나 아까운 생각이 들었다. 여러 번 고심한 끝에 해운정사로 가서 종정 큰스님의 허락을 받았다.

선사들에 관한 어록이나 법어집은 많지만 그분들의 일상을 묶어낸 책은 극히 드물다. 일본 유학시절, 일본 조동종曹洞宗 개산조인 도원道元선사의 제자 회장懷奘이 쓴『정법안장수문기正法眼藏隨聞記』를 읽은 적이 있다. 담담하게 쓴 시봉기侍奉記를 읽고 만약에 큰스님 일화를 쓰게 된다면 이렇게 쓰면 좋겠다는 생각을 했다. 당시엔 그런 생각이 현실로 다가오리라고는 꿈에도 생각지 않았다.

처음에 신문연재를 하도록 용기를 준 이는 마음치유학교 교장 혜민 스님이다. 어느 법회 자리에서 인연이 되어 '향곡 큰스님 일화' 중에

초고의 일부분을 메일로 보냈더니 '책으로 내기보다 신문에 먼저 실어 많은 사람들이 읽도록 했으면 좋겠다.'는 조언을 해 주었다. 다행히도 『불교신문』과 인연이 되어 연재를 시작했다. 정말 뜻하지 않았던 행운이었다고나 할까.

막상 시작하고 보니 큰스님의 소탈하고 인간적인 일상생활을 어떻게 표현해야할 지 늘 고민이었다. 워낙 꾸밈없는 성격이시라 자칫 잘못하면 큰스님의 진솔한 모습이 잘못 전달해질 우려가 있어서였다. 그저 본 대로 느낀 대로 꾸밈없이 솔직하게 쓰면 읽는 분들도 감동을 얻으리라는 믿음 하나로 끝까지 밀고 나갔다. 연재를 끝낼 수 있었던 것은 불보살의 가피와 주위 분들의 협조와 격려 덕분이었다고 생각한다.

마지막으로 일화를 쓰는 데 도움을 주신 지리산 상무주암의 현기 큰 스님, 범어사 금어선원의 인각 큰스님, 통도사 문수원의 수안 큰스님께 먼저 감사의 예를 올립니다. 그 외에 월내 묘관음사의 혜원 큰스님, 하양 향림선원의 묘혜 스님을 비롯해 도움을 준 모든 분들께도 감사드립니다. 끝으로 기획 연재를 싣느라고 지면을 할애해 주신 불교신문 관계자 여러분들께도 인사를 올립니다.

"법념아. 인자 쓸데없는 글은 고만 쓰고 정진만 하거래이. 공부바께 할끼 없능기라."

큰스님의 음성이 들려올 것만 같다.

법념(경주 흥륜사 한주)

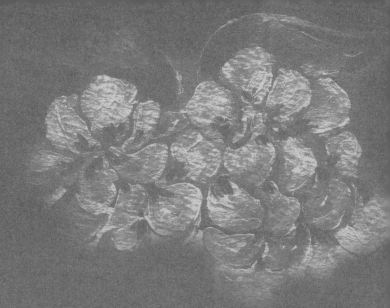

부록

전법(傳法)의 원류(源流)

부처님으로부터 내려오는 심인법(心印法)이 한 가닥 우리나라에 남아있으니, 한국 선맥의 중흥조(中興祖)이신 경허(鏡虛) 선사로 부터 혜월(慧月) 선사, 운봉(雲峰) 선사, 향곡(香谷) 선사 그리고 산승(山僧)에 이르기까지의 전법게(傳法偈)와 전수(傳受)했던 과정을 밝히노라.

혜월혜명(慧月慧明)스님은 동진으로 출가하여 경허(鏡虛) 선사로부터 화두를 타서 불철주야 공부를 지어가길 3년이란 세월이 지난 어느 날, 짚신 한 켤레를 다 삼아놓고서 잘 고르기 위해 신골을 치는데, '탁' 하는 소리에 화두가 타파되었다.

그 길로 경허 선사를 찾아가니, 경허 선사께서 물음을 던지셨다.

"목전(目前)에 고명(孤明)한 한 물건이 무엇인고?"

이에 혜명스님이 동쪽에서 몇 걸음 걸어서 서쪽에 가서 서니, 경허 선사께서 다시 물으셨다.

"어떠한 것이 혜명(慧明)인가?"

"저만 알지 못할 뿐만 아니라 일천 성인(聖人)도 알지 못합니다."

이에 경허 선사께서

"옳고, 옳다!"

하시며 인가(印可)하시고, '혜월(慧月)'이란 법호(法號)와 함께 상수 제자(上首弟子)로 봉(封)하시고 전법게(傳法偈)를 내리셨다.

[임인년, 서기1902년][석가여래부촉법 제76법손]

혜월 혜명에게 부치노니,

일체법(一切法)을 요달해 알 것 같으면

자성에는 있는 바가 없는 것.

이같이 법성을 깨쳐 알면

곧 노사나불을 보리라.

세상법에 의지해서 그릇 제창하여

문자와 도장이 없는 도리에 청산을 새겼으며

고정된 진리의 상에 풀을 발라 버림이로다.

부 혜월혜명(付 慧月慧明)

요지일체법(了知一切法)하면

자성무소유(自性無所有)라.

여시해법성(如是解法性)하면

즉견노사나(卽見盧舍那)라.

의세제도제창(依世諦倒提唱)하여

무문인청산각(無文印靑山脚)하며

일관이상도호(一關以相塗糊)로다.

수호 중춘 하한일(水虎 仲春 下澣日)

만화문인 경허 설함(萬化門人 鏡虛 說)

운봉성수(雲峰性粹)스님은 동진(童眞)으로 출가하여 경율(經律)을 모두 섭렵하였는데 거기에서 만족을 얻지 못하고, '대오견성법(大悟見性法)이 있다는데 나도 도인(道人)이 되어야겠다'는 생각으로 남방의 위대한 선지식이신 혜월 선사를 찾아가서 열심히 참구(參究)하였지만, 10여 년이 지나도 순일(純一)함을 이루지 못하였다. 그래서 오대산 적멸보궁(寂滅寶宮)에 가서 백일기도를 올리며, '화두일념이 현전하고 견성대오하여 종풍을 드날려 광도중생하여지이다' 하며 지극한 마음으로 발원을 드렸다.

백일기도를 회향하고 백양사(白羊寺) 운문암(雲門庵)에서 불철주야 정진한 끝에 타성일편(打成一片)을 이루어, 어느 날 새벽 선방문을 열고 나오는데, 밝은 달에 온 산하대지(山河大地)가 환하게 밝은 것을 보고 활연대오(豁然大悟)하였다.

　그리하여 오도송을 읊었다.

　　　　문을 열고 나서자 갑작스레 찬 기운이 뼛골에 사무침에
　　　　가슴 속에 막혔던 물건 활연히 사라져 버렸네.
　　　　서릿바람 날리는 밤에 객들은 다 돌아갔는데
　　　　단청 누각은 홀로 섰고 빈 산에는 흐르는 물소리만 요란하더라.

　　　　출문맥연한철골(出門驀然寒徹骨)하니
　　　　활연소각흉체물(豁然消却胸滯物)이라.
　　　　상풍월야객산후(霜風月夜客散後)에
　　　　채누독재공산수(彩樓獨在空山水)로다.

　그리하여 그 당시 부산 선암사에 계시던 혜월(慧月) 선사를 참방(參
訪)하여 여쭈었다.

　"삼세제불(三世諸佛)과 역대조사(歷代祖師)는 어느 곳에서 안심입명
(安心立命)하고 계십니까?"

　이에 혜월 선사께서 양구(良久)하시므로, 스님이 냅다 한 대 치면서,

　"산 용이 어찌 죽은 물에 잠겨 있습니까?"

하니, 혜월 선사께서 도리어 물으셨다.

"그러면 너는 어찌 하겠느냐?"이에 성수스님이 문득 불자(拂子)를 들어 보이니, 혜월 선사께서는

"옳지 못하고 옳지 못하다"

하시며 부정하셨다. 그러니 스님이 다시 응수하기를,

"스님, 기러기가 창문 앞을 날아간 지 이미 오래입니다."

라고 하자, 혜월 선사께서 크게 한바탕 웃으시며,

"내 너를 속일 수가 없구나!"

하시고 매우 흡족해 하셨다.

그리하여 을축년에 '운봉(雲峰)'이라는 법호와 함께 상수제자로 봉하시고 전법게를 내리셨다.

[을축년, 서기 1925년][석가여래부촉법 제77법손]

운봉 성수에게 부치노니,
일체의 유위법(有爲法)은
본래 진실된 모양이 없으니
저 모양 가운데 모양이 없으면
곧 이름하여 견성(見性)이라 함이라.

부 운봉성수 (付 雲峰性粹)

일체유위법(一切有爲法)은

본무진실상(本無眞實相)이니

어상약무상(於相若無相)이면

즉명위견성(卽名爲見性)이라.

세존응화 2951년 4월(世尊應化 二九五一年 四月)

경허문인 혜월 설함(鏡虛門人 慧月 說)

이후 제방에서 납자(衲子)를 제접(提接)하시며 선의 종지(宗旨)를 크게 펼치시니, 도법(道法)의 성황함이 당대의 으뜸이셨다.

향곡혜림(香谷蕙林)스님은 16세 때, 스님이었던 형님을 만나러 어머니와 함께 운봉(雲峰) 선사께서 조실로 계시는 천성산(千聖山) 내원사(內院寺)에 가게 되었다. 그 때 많은 스님들이 모여서 참선(參禪)을 하는 광경을 보고는 모친만 집으로 되돌아가시게 하고는 운봉 선사로부터 화두를 타서 공양주를 2년간 하면서 공부하였다.

그러던 어느 봄날에 산골짜기에서 바람이 불어와 열어놓은 문이 왈카닥 닫히는 소리에 마음의 경계가 있어, 운봉 선사를 찾아갔다. 조실방을 들어서는 그 모습이 당당하니, 선사께서 이미 가늠하시고 목침(木

枕)을 내밀어 놓고,

"한 마디 일러라!"

하시거늘, 혜림스님이 즉시에 목침을 발로 차버리니, 선사께서

"다시 일러라!"

하셨다. 이에 혜림스님이

"천언만어(千言萬語)가 다 몽중설몽(夢中說夢)이라. 모든 불조(佛祖)
가 나를 속였습니다."

하였다. 이에 운봉 선사께서 크게 기뻐하시었다.

그리하여 신사년 8월에 '향곡(香谷)'이란 법호와 함께 상수제자로
봉하시고 전법게를 내리셨다.

〔신사년, 서기 1941年〕〔석가여래 부촉법 제78법손〕

향곡 혜림 장실에게 부치노니,

서쪽에서 온 문인(文印)이 없는 진리는

전할 수도 받을 수도 없나니,

만약 전하고 받을 수 없는 것조차 여의면

까마귀는 날고 토끼는 달리느니라.

부 향곡혜림 장실(付 香谷蕙林 丈室)

서래무문인(西來無文印)은

무전역무수(無傳亦無受)라

약리무전수(若離無傳受)하면

오토부동행(烏兎不同行)이라.

세존응화 2967년(世尊應化 二九六七年)

혜월문인 운봉 설함(慧月門人 雲峰 説)

그리하여 임제정맥(臨濟正脈)의 법등(法燈)을 상속 부촉하여 가시니,
즉 임제(臨濟), 양기(楊岐), 밀암(密庵), 석옥(石屋), 태고(太古), 환성(喚
惺), 율봉(栗峰), 경허(鏡虛)의 적전(嫡傳)이다.

향곡 선사께서는 그 후 정해년(丁亥年)에 문경 봉암사(鳳巖寺)에서
도반들과 정진하던 중,

죽은 사람을 죽여 다하여야만 산 사람을 보고,

죽은 사람을 살려 다하여야만 비로소 죽은 사람을 보게 될 것이다.

살진 사인(殺盡死人)하야사 방견활인(方見活人)이요

활진 사인(活盡死人)하야사 방견 사인(方見死人)이라.

라는 고인(古人)의 법문을 들면서 "일러보라!"는 한 도반의 말에 삼
칠일 동안 침식을 잊고 일념삼매(一念三昧)에 들었다가, 홀연히 자신의
양손이 흔들리는 것을 보고 활연대오(豁然大悟)하셨다.

홀연히 두 손을 보니 전체가 드러났네.

삼세제불도 눈(眼) 속의 꽃이로다.

천경만론(千經萬論)은 이 무슨 물건인가?

이로 좇아 불조(佛祖)가 모두 몸을 잃어버렸도다.

봉암사에 한 번 웃음은 천고의 기쁨이요,

희양산 굽이굽이 만겁에 한가롭도다.

내년에 다시 한 수레바퀴 밝은 달이 있어서

금풍(金風: 가을바람)이 부는 곳에 학의 울음 새롭구나.

홀견양수전체활(忽見兩手全體活)이라.

삼세불조안중화(三世佛祖眼中花)로다.

천경만론시하물(千經萬論是何物)인고?

종차불조총상신(從此佛祖總喪身)이로다.

봉암일소천고희(鳳巖一笑千古喜)요

희양수곡만겁한(曦陽數曲萬劫閑)이로다.

내년갱유일륜월(來年更有一輪月)하야

금풍취처학려신(金風吹處鶴唳新)이로다.

이후부터 천하 노화상(老和尙)의 설두(舌頭)에 속임을 입지 않고 임운등등(任運騰騰), 등등임운(騰騰任運)하여 제방(諸方)에 대사자후(大獅子吼)를 하시었다.

산승(眞際法遠)은 불공드리러 절에 자주 다니던 친척을 따라서 동네에서 십 리쯤 떨어진 곳에 있던 해관암(海觀庵)이라는 조그마한 사찰에 우연히 갔다가, 석우(石友) 선사를 친견(親見)한 것이 출가의 인연이 되었다.

그리하여 1954년에 석우 선사께서 해인사 조실로 추대되심에 모시고 같이 가서 시봉하다가 그 해 사미계를 받았다.

그런 후로 다시 초대 종정으로 추대되시니, 동화사로 거처를 옮기어 모시게 되었다. 1957년(세수 24세)에 석우 선사께 '부모미생전 본래면목(父母未生前本來面目)' 화두를 받아 선문(禪門)에 들어서 운수행각(雲水行脚)의 길에 올랐는데, 일거일동 화두와 씨름해서 '일념삼매(一念三昧)만 되면 대오견성한다'는 그 확신을 받아들여 밤낮으로 씨름하였다.

한철은 선산 도리사에서 일고여덟 분의 수좌(首座) 스님들과 동안거(冬安居)를 나게 되었는데, 밤 9시가 되어 방선하면 잠시 누웠다가 대중이 모두 잠든 후에 조용히 일어나 두 세 시간 포행정진하며 하루하루를 빈틈없이 정진하였다. 그러다가 어느 날 그곳에서 참선 도중에 반짝 떠오르는 조그마한 지견(知見)을 가지고서 '알았다'는 잘못된 소견을 갖게 되어, 참구하던 것을 다 놓아 버리고는 해제일만 기다렸다.

그러던 중 초대 종정이시던 석우 선사께서 열반(涅槃)에 드셨다는 부고(訃告)가 날아오니, 동화사로 가 다비(茶毘)를 치르고, 경남월내(月內) 묘관음사(妙觀音寺)에 주석하고 계시던 향곡(香谷) 선사를 찾아갔다.

찾아가니, 향곡 선사께서 대뜸,

"일러도 삼십 방(三十棒)이요, 이르지 못해도 삼십 방이니 어떻게 하려느냐?"하셨다. 산승이 말을 못 하고 우물쭈물하자, 향곡 선사께서 다시 물으셨다.

"남전(南泉) 선사의 참묘(斬猫)법문 가운데 '조주(趙州) 선사께서 신발을 머리에 이고 나가신 것'에 대해서 한 마디 일러 보아라."

산승은 여기서도 바른 답을 하지 못하였다.

이에 곧장 물러나와 2년 여 세월이 흐른 26세 때, 오대산(五臺山) 상원사(上院寺)에서 7,8명 선객스님들과 동안거(冬安居) 정진을 하던 중, 유달리 포근한 날이 있어 남쪽 마루에 앉아 문득 자신을 반조(反照)해 보게 되었다.

'내가 정말로 견성을 했느냐? 견성을 했으면 일일법문(一一法問)에

전광석화(電光石火)와 같이 바로 바른 답이 나와야 되거늘 왜 그렇지 못하는가? 내가 나를 속여서야 되겠느냐! 이것은 큰 잘못됨이 있으니 내가 이 소견을 가지고 만족을 한다면 아무 쓸 곳이 없도다. 백지 상태에서 다시 출발해야겠다. 나를 속이고 모든 이를 속이면 죄가 이만저만 아니다.'

하고 스스로 반성하게 되었다. 여기에서 '알았다' 하는 것을 모두 놓고, 해제하자마자 문답 과정에서 언하(言下)에 '옳다, 그르다' 칼질하셨던 향곡 선사 회상(會上)을 찾아갔다. 그리하여 향곡 선사께 예를 올리고,

"이 일을 마칠 때까지 스님을 의지해서 공부하려고 왔습니다. 화두를 하나 내려주십시오."

하고 말씀드리니, 향곡 선사께서

"이 어려운 관문(關門)을 네가 어찌 해결할 수 있겠느냐? 못한다!" 하시니, 다시 분명히 선을 그어 말씀드렸다.

"신명(身命)을 다 바쳐서 해보겠습니다. 이 관문을 뚫기 전에는, 다시는 바랑지고 산문(山門)을 나가지 않겠습니다."

이에 향곡 선사께서 '향엄상수화(香嚴上樹話)' 화두를 하나 내려 주시니, 일체 산문을 벗어나지 않고 공부하게 되었다.

어떤 사람이 아주 높은 나무 위에서 입으로만 나뭇가지를 물고 손으

로 가지를 잡거나 발로 가지를 밟지도 않고 매달려 있을 때, 나무 밑에서 지나가는 이가 달마스님이 서역에서 중국으로 오신 뜻(祖師西來意)을 묻는데 있어서, 대답하지 않으면 묻는 이의 뜻에 어긋나고, 만약 대답한다면 수십 길 낭떠러지에 떨어져서 자기 목숨을 잃게 될 것이다. 이러한 때를 당하여 어찌해야 되겠느냐?

그리하여 이 화두를 들고 2년 여 동안 생사를 떼어 놓고 공부하였는데, 드디어 28세 때 가을에, 새벽에 예불 드리러 올라가다가 마당의 돌부리에 걸려 넘어져 일어나는 차제에 화두가 해결되니, 동문서답(東問西答)하던 종전의 미(迷)함이 걷혀지고 비로소 진리의 세계에 문답의 길이 열리게 되었다.

그리하여 오도송(悟道頌)을 지어 향곡 선사께 바치기를,

이 주장자 이 진리를 몇 사람이나 알꼬?

과거, 현재, 미래의 모든 부처님도 다 알지 못함이로다.

한 막대기 주장자가 문득 금빛 용이 되어서

한량없는 용의 조화를 마음대로 부림이로다.

자개주장기인회(這箇拄杖幾人會)아.

삼세제불총불식(三世諸佛總不識)이라.

일조주장화금룡(一條拄杖化金龍)어니

응화무변임자재(應化無邊任自在)로다.

하니, 향곡 선사께서 앞 구절은 묻지 아니하고 뒷 구절을 들어서 물음을 던지셨다.

"용이 홀연히 금시조(金翅鳥)를 만난다면, 너는 어떻게 하겠느냐?"

"당황하여 몸을 움츠리고 세 걸음 물러가겠습니다(屈節當胸退身三步)." 이렇게 산승이 답하니, 향곡 선사께서는

"옳고, 옳다!"

하시며 크게 기뻐하셨다. 이로 좇아 모든 법문의 문답을 척척 주고받음이 막힘이 없었는데, 오직 마조(馬祖) 선사의 '일면불월면불(日面佛月面佛)' 공안에만 다시 막혔다.

마조 선사께서 편찮으셔서 원주(院主)가 아침마다 문안을 드리기를,

"큰스님, 밤새 존후(尊候)가 어떠하십니까?"

하고 말씀드리니, 하루는 대뜸,

"일면불월면불이니라." 하셨다.

그래서 또다시 5년여 동안 전력(全力)을 다 쏟아 참구함으로써 해결되어 오도송(悟道頌)을 읊었다.

한 몽둥이 휘둘러 비로정상을 거꾸러뜨리고
벽력 같은 일 할로써 천만 갈등을 문대버림이로다.
두 칸 띠암자에 다리 펴고 누웠으니
바다 위 맑은 바람 만년토록 새롭도다.

일봉타도비로정(一棒打倒毘盧頂)하고
일할말각천만측(一喝抹却千萬則)이라.
이간모암신각와(二間茅庵伸脚臥)하니
해상청풍만고신(海上淸風萬古新)이로다.

그 후 산승이 33세이던 정미년 하안거 해제법회일에 묘관음사 법당에서 향곡 선사께서 법문을 하시기 위해 법상(法床)에 오르셔서 좌정(坐定)하시고 계시는 차제에, 산승이 나아가서 예삼배(禮三拜)를 올리고 여쭈었다.

"불조(佛祖)께서 아신 곳은 여쭙지 아니하거니와, 불조께서 아시지 못한 곳을 선사님께서 일러 주십시오."

"구구(九九)는 팔십일(八十一)이니라."

"그것은 불조(佛祖)께서 다 아신 곳입니다." "육육(六六)은 삼십육(三十六)이니라." 이에 산승이 아무 말 없이 선사께 예배드리고 물러가니, 향곡 선사께서도 아무 말 없이 법상(法床)에서 내려오셔서 조실방(祖室房)으로 돌아가셨다.

뒷날 선사님을 찾아가서 예를 갖추고 다시 여쭈었다.

"불안(佛眼)과 혜안(慧眼)은 여쭙지 아니하거니와, 어떤 것이 납승(衲僧)의 안목(眼目)입니까?" "비구니 노릇은 원래 여자가 하는것이니라(師姑元來女人做)."

"금일에야 비로소 선사님을 친견하였습니다." 이에 향곡 선사께서 물으셨다.

"네가 어느 곳에서 나를 보았는고?"

"관(關)!"

산승이 이렇게 답하자, 향곡 선사께서

"옳고, 옳다!" 하시며, 임제정맥(臨濟正脈)의 법등(法燈)을 부촉(付囑)하시고 '진제(眞際)'라는 법호와 함께 전법게를 내리셨다.

[정미년, 서기1967][석가여래부촉법 제79법손]

진제법원 장실에 부치노니,

부처님과 조사의 산 진리는

전할 수도 받을 수도 없는 것이라.

지금 그대에게 활구법을 부촉하노니

거두거나 놓거나 그대 뜻에 맡기노라.

부 진제법원 장실(付 眞際法遠 丈室)

불조대활구(佛祖大活句)는

무전역무수(無傳亦無受)라.

금부활구시(今付活句時)에

수방임자재(收放任自在)로다.

세존응화 2993년 8월 10일(世尊應化 二九九三年 八月 十日)

운봉문인 향곡 설함(雲峰門人 香谷 說)

불조정전법맥(佛祖正傳法脈)

초조 마하가섭(摩訶迦葉)

제2조 아난존자(阿難尊者)

제3조 상나화수(商那和修)

제4조 우바국다(優婆掬多)

제5조 제다가(提多迦)

제6조 미차가(彌遮迦)

제7조 바수밀다(婆須密多)

제8조 불타난제(佛陀難提)

제9조 복타밀다(伏馱密多)

제10조 협존자(脇尊者)

제11조 부나야사(富那夜奢)

제12조 마명대사(馬鳴大師)

제13조 가비마라(迦毘摩羅)

제14조 용수대사(龍樹大師)

제15조 가나제바(迦那提婆)

제16조 라후라다(羅睺羅多)

제17조 승가난제(僧伽難提)

제18조 가야사다(伽倻舍多)

제19조 구마라다(鳩摩羅多)

제20조 사야다(闍夜多)

제21조 바수반두(婆修盤頭)

제22조 마나라(摩拏羅)

제23조 학륵나(鶴勒那)

제24조 사자존자(師者尊者)

제25조 바사사다(婆舍斯多)

제26조 불여밀다(不如密多)

제27조 반야다라(般若多羅)

중화조사(中華祖師)

제28조 보리 달마(菩提達磨)

제29조 이조 혜가(二祖慧可)

제30조 삼조 승찬(三祖僧璨)

제31조 사조 도신(四祖道信)

제32조 오조 홍인(五祖弘忍)

제33조 육조 혜능(六祖慧能)

제34조 남악 회양(南嶽懷讓)

제35조 마조 도일(馬祖道一)

제36조 백장 회해(百丈懷海)

제37조 황벽 희운(黃檗希運)

제38조 임제 의현(臨濟義玄)

제39조 흥화 존장(興化存獎)

제40조 남원 도옹(南院道顯)

제41조 풍혈 연소(風穴延沼)

제42조 수산 성념(首山省念)

제43조 분양 선소(紛陽善昭)

제44조 자명 초원(慈明楚圓)

제45조 양기 방회(楊岐方會)

제46조 백운 수단(白雲守端)

제47조 오조 법연(五祖法演)

제48조 원오 극근(圓悟克勤)

제49조 호구 소융(虎丘紹隆)

제50조 응암 담화(應庵曇華)

제51조 밀암 함걸(密庵咸傑)

제52조 파암 조선(破庵祖先)

제53조 무준 원조(無準圓照)

제54조 설암 혜랑(雪巖惠朗)

제55조 급암 종신(及庵宗信)

제56조 석옥 청공(石屋淸珙)

아국조사(我國祖師)

제57조 태고 보우(太古普愚)

제58조 환암 혼수(幻庵混修)

제59조 구곡 각운(龜谷覺雲)

제60조 벽계 정심(碧溪淨心)

제61조 벽송 지엄(碧松智嚴)

제62조 부용 영관(芙蓉靈觀)

제63조 청허 휴정(淸虛休靜)

제64조 편양 언기(鞭羊彦機)

제65조 풍담 의심(楓潭義諶)

제66조 월담 설제(月潭雪霽)

제67조 환성 지안(喚惺志安)

제68조 호암 체정(虎巖體淨)

제69조 청봉 거안(靑峰巨岸)

제70조 율봉 청고(栗峰靑杲)

제71조 금허 법첨(錦虛法沾)

제72조 용암 혜언(龍岩慧彦)

제73조 영월 봉율(永月奉律)

제74조 만화 보선(萬化普善)

제75조 경허 성우(鏡虛惺牛)

제76조 혜월 혜명(慧月慧明)

제77조 운봉 성수(雲峰性粹)

제78조 향곡 혜림(香谷蕙林)

제79조 진제 법원(眞際法遠)